비로소,
나는 행복합니다

비로소,
나는 행복합니다

블루엘리펀트

프롤로그

우리는 함께, 그 길 위에 서서

길이 보이지 않았다. 삶은 선택의 연속이었고 선택을 기다리는 새날은 끊임없이 밝았다. 나는 과연 옳은 선택을 하면서 제대로 살아가고 있는 걸까. 흔들릴 때마다 누군가 나서서 길잡이라도 해준다면 얼마나 좋을까 아쉽기도 했다. 성공 비법과 잘 사는 비결이 난무하는 세상에서 정말 닮고 싶은 사람들은 모두 어디론가 꼭꼭 숨어버린 것 같았다. 잘못된 유혹에 빠져 발을 헛딛기도 하고 막다른 골목을 만나 되돌아 나오기도 하면서 많이도 헤맸다. 그러다 보니 어느덧 오십 고개다.

예전 같으면 인생 마무리를 생각하는 시점이었을 테지만 백세 수명시대가 도래하니 기껏해야 반환점이란다. 앞으로도 이제껏 살아온 것만큼의 시간이 내 앞에 선물처럼 놓여 있었다. 어쩌면 숙제 같기도 했고 만회할 기회처럼 느껴지기도 했다. 허덕허덕 닥치는 대로 겪으며 참고 헤맸던 인생 1막에 대한 보답일 수도 있었다. 재앙이 될 수도, 희망이 될 수도 있는 이 잉여의 시간만큼은 정말이지 제대로 잘 살아보고 싶었다.

그런 와중에 인생 2막을 잘 살아가고 있는 우리 시대의 앞선 사람들을 찾아내 책으로 엮어내자는 사람들과 인연이 닿았다. 소망하는 것이 어느 날 하늘에서 뚝 떨어진 느낌이었다. 설레는 마음으로 그런 사람들을 찾아다녔다. 힘든 과정을 극복하고 마침내 삶의 행복을 맛보게 된 평범한 이웃들의 이야기는 잠시 접었다. 이번에는 누구나 부러워하는 좋은 기회를 만난 사람, 남보다 앞설 수 있었던 사람들의 이야기를 들어보고 싶었다. 그들은 모두 어디로 숨은 걸까. 이 땅에 '노블레스 오블리주'란 과연 살아 있을까 궁금하기도 했다.

찾아낸 많은 분들이 지면에 소개되는 것을 부담스러워 했다. 오랜 설득 끝에 몇 분이 함께 가야 하는 사회에 책임감을 느끼고 용기를 내어주셨다. 사는 동안 좋은 조건을 만나 큰 영향력을 미친 사람들의 아름다운 선택, 같은 시대를 살아가며 함께 고민하는 그들의 치열한 인생 여정에서 서서히 내가 걸어가야 할 길도 보였다. 먼저 길을 내며 앞장서는 사람이 있다는 건 얼마나 마음 든든한 일이던지. 이렇게 행복한 글 작업과 더불어 나의 2막을 시작하게 된 것에도 새삼 감사하게 된다.

— 김정은

몇 년 전 죽음에 대해 알고 싶어 인도 콜카타에 위치한 마더 테레사 하우스 '임종자의 집'을 찾았다. 죽어가는 사람들이 모여 사는 그곳에서 한 달간 머무르며 봉사활동을 했다. 환자들 곁에서 죽음의 본질을 알아가던 중 질문 하나가 내내 머릿속을 떠나지 않았다. "나는 현재 누구와 함께 살고 있는가?" 죽음을 알려면 먼저 '함께'라는 단어의 의미를 제대로 알 필요가 있음을 강조하는 물음인 듯했다.

함께 살아간다는 것, 쉽게 들을 수 있는 말이지만 쉽게 이해될 말은 결코 아니다. 일반적으로 말하는 좋은 대학 나와서 좋은 직장에 들어가고 좋은 가정을 꾸리며 돈과 명예, 성공을 인생 최고의 가치로 삼고 살아가는 이 시대의 사회적 통념 속에서 '함께'는 '경쟁'으로 치부된 지 오래다. 누가 보더라도 보란 듯 잘살기만을 바라며 경쟁의 소용돌이 속에서 성공을 맛보며 성장한 사람들. 현직에서 은퇴한 뒤 인생의 후반기에 접어든 그들에게 생긴 의문점은 단 하나다. "오로지 잘살기만을 위해 달렸다면 이젠 '잘' 살아왔는지 돌아볼 때가 아닌가?"라는.

그들은 더 늦기 전에 이웃과 '함께'하려 손을 내밀었다. 일평생 쌓은 자신의 지식과 재능을 필요로 하는 이들과 아낌없이 나누고, 자신의 오랜 관심사를 부각시켜 봉사활동의 영역으로 활용하는 데 주저하지 않았다. 예순 혹은 일흔을 맞은 인생 후반전은 그 어느 때보다 활기가 넘쳤고 어느새 세상은 달라져 있었다. 그들의 시각에서 본 세상은 이전과 확연히 다른 것이었다. 잘 살아왔는지를 돌아보는 일은 인생의 참된 가치와 행복을 깨닫는 것에서부터 시작되고 있었다.

인터뷰를 청했을 때 그들의 반응은 하나같았다. "글을 쓸 만큼의 할 얘기가 뭐 얼마나 되겠어요?" 전혀 특별하지도 전혀 흥미롭지도 않은 평범한 이야기일 뿐이라고, 누군가에게 보여주고 자랑할 만한 것이 없는 소소한 이야기일 뿐이라고. 자신을 드러내는 데에는 주저하는 모습이 역력한 그들이었다. 하나 평범하고 소소한 이야기는 끝도 없이 이어졌고, 마침내 한 권의 책으로 완성되었다. 인생의 참된 가치를 깨달은 사람만이 지을 수 있는 그들의 행복한 미소가 여전히 기억 속에 생생하다. 이제 그 미소를 당신과 '함께' 나눌 차례다.

— 추효정

프롤로그 | 우리는 함께, 그 길 위에 서서

한 그루
나무를 심는 사람

/ 첫 번째

당신은 의지의 주인이 되어라

그리고 당신은 양심의 노예가 되어라

●

권 병 현

세상에는 겉만 봐서는 알지 못하는 것들이 많이 있다. 어떤 사람이 정말로 훌륭한 사람인지 아닌지 판단하는 일은 더욱 그러하다. 사람이란 으레 돈과 명예, 권력, 인기에 이끌리게 마련이고, 그러한 가치를 좇아서 살아가는 삶은 응당 화려하게 빛이 날 것이다. 반면 아무런 보상도 바라지 않고 공동선을 위해 일하는 사람에게는 우레 같은 갈채도, 눈부신 스포트라이트도 없다. 그의 앞에는 십중팔구 다른 사람들의 눈에 잘 띄지 않는 묵묵하고 고단한 인생길이 펼쳐지고 있을 테다.

　그러나 그런 삶에서는 무어라고 설명할 수 없는 은은한 향기가 배어 나온다. 이를테면 눈을 감아도 전해지는 여름날의 솔잎 내음 같은 것 말이다. 중국 사막을 숲으로 변화시키는 데 자신의 남은 인생을 모두

걸고 있는 권병현에게서도 그 향기를 맡을 수 있었다.

이제부터 내가 가는 길은
아무도 저지할 수 없을걸?

사단법인 미래숲을 방문했을 때, 권병현은 빽빽한 자료와 컴퓨터 사이의 좁은 공간을 분주하게 오가고 있었다. 곧 열릴 지구촌 환경캠페인에 각국 지도자가 동참할 것을 촉구하는 서한을 보내는 중이라고 했다. 사무실에는 출입문이 따로 달려 있지 않았다. 직원들이 언제라도 편하게 드나들며 일을 의논하도록 하기 위해서다.

"그들은 저와 뜻을 함께하는 사람들이지 월급 때문에 이곳에서 일하는 사람들이 아니에요. 그러니 언제라도 리더의 진정성을 확인할 수 있도록 제 모든 것을 투명하게 공개하는 것이 마땅하지요."

사무실 벽에는 '한중우호녹색장성'이라는 글귀가 붙어 있고, 광활하게 펼쳐진 사막 사진 밑으로 조림사업이 진행되고 있는 중국의 현장 지도, 봉사단원의 격려 메시지, 한중교류단 프로그램 포스터, 사업 추진을 위한 각종 자료가 전장의 병사들처럼 도열해 있었다. 그곳에서 권병현은 흡사 야전사령관처럼, 일흔여섯의 나이가 무색할 만큼 청춘 같은 열정을 불태우고 있었다.

"이제부터 내가 가는 길은 아무도 저지할 수 없을걸?" 권병현은 인생이라는 카드 판에서 드디어 비장의 무기인 '조커' 패를 손에 얻은 사

람처럼 득의만만하게 싱글거렸다.

　이상한 일이다. 서울 법대를 나와 수석으로 고시에 합격하고, 외교
관으로서 거침없이 세계를 누비던 그가 허름한 비영리단체의 작은 사
무실에 앉아 이제야 인생의 고지를 점령한 듯 두 눈을 반짝이며 신바
람을 내고 있다니.

진실을 알고 난 이상
결코 뒤로 물러설 수 없다

　미래숲은 황사와 사막화를 방지하기 위해 시작한 비영리조직이다.
올봄, 권병현은 미래숲 녹색봉사단 100명과 함께 중국 네이멍구(內蒙
古) 자치구 쿠부치(庫布齊) 사막을 찾아가 4,400그루의 나무를 심었다.
모래 먼지를 오래 마시면 며칠 동안 목이 칼칼해진다면서도 13년째 어
김없이 이어오는 연례행사다.

　쿠부치 사막은 봄철 편서풍을 타고 450킬로미터 떨어진 베이징과 톈
진을 거쳐 한반도로 직접 날아오는 황사의 주요 발원지다. 우리나라 쪽
으로 오는 황사의 40퍼센트 이상이 쿠부치에서 발생한다. 놀랍게도 모
래사막은 한곳에 그대로 멈추어 있는 것이 아니다. 매년 서울 면적의
다섯 배에 달하는 땅을 사막으로 변화시키며 무서운 속도로 동진하고 있
다. 지금은 모래언덕뿐인 쿠부치 사막도 200년 전에는 푸른 초원이었다.

　들불처럼 번져가는 사막화 현상을 저지하기 위해 권병현은 일찌감

치 12년 전에 특단의 아이디어를 내놓았다. 드넓은 모래벌판에 남북으로 600만 그루의 나무를 심어 '녹색 만리장성'을 구축하자는 것이었다. 그의 말을 들은 사람들은 모두 불가능한 일이라며 고개를 저었다. 밑 빠진 독에 물 붓기라는 거였다. 그러나 권병현의 의지는 완강했다.

"이미 지구의 3분의 1 이상이 사막화됐고 1년에 새로 사막화되는 면적이 12만 평방킬로미터로 우리나라 면적보다 더 커요. 이건 굉장히 심각한 문제예요. 그런데도 대부분의 사람들은 나와는 상관없는 문제로 치부하고 있어요. 하지만 이건 바로 우리가 저지른 일이고, 우리 아이들이 피해를 보는 모두의 문제예요. 사막화는 사실상 과학기술의 발달에 정비례해 20세기에 가장 많이 일어났어요. 그러니까 20세기를 살아온 우리가 바로 가해자이고, 이렇게 땅이 망가지지 않았으면 누릴 수 있는 지속 가능성에 대한 피해는 미래 세대가 고스란히 짊어지고 있는 것이죠. 그 진실을 알고 난 이상 물러설 수가 없는 거예요."

끈질기게 실행하면 결국 산도 옮길 수 있을 것이라는 우공이산(愚公移山)의 고사를 마음속에 되새기며 권병현은 한 걸음 한 걸음 일을 진행했다.

사막에 나무를 심기 위해서는 사구 고정 틀(sand dune fixation)을 설치해야 한다. 잎사귀가 있는 나무는 금방 말라죽기 때문에 막대기 같은 나무를 심는데, 모래에 묻히고 바람에 쓸려 갈 수 있어 1미터 이상 깊은 구덩이를 판다. 또 나무를 단단히 고정한 뒤에는 뿌리가 자라 스스로 물줄기를 찾을 때까지 관리를 해주어야 한다. 거기서 끝이 아니다. 모래바람이 세차게 불어대면서 사방으로 날리면, 땅 위의 모든 것들은 가만히 서 있을 수 없다. 이동식 사막이란 말 그대로 사막이 움직인다는 뜻이다. 나무를 심어놓고 다시 찾아가보면 언덕 자체가 흔적도 없이 뭉텅 사라졌거나 흡사 폐허가 된 전쟁터처럼 대부분의 나무가 쓰러진 채 메말라 죽어 있기도 했다. 그래도 굴하지 않고 그 위에 또 나무를 심었다. 처음에는 무모한 짓이라고 말렸던 사람들도 조금씩 푸르게 변하는 사막의 기적을 보고 적극적으로 응원해줬다.

미래숲 사업이 6년째로 접어들던 2008년에는 중국 인민일보에 전면 컬러 특집으로 미래숲 조림사업이 소개되었다. 이를 계기로 중국인의 관심과 참여가 늘면서 일의 진척 속도에도 탄력이 붙었다.

한중 양국이 힘을 모으는 가운데 어느덧 올해로 600만 그루의 녹색장성이 완성되었다. 불가능해 보였던 꿈이 현실이 되어 사람들 앞에 모습을 드러냈다. 사막을 종단하는 도로 16킬로미터 구간 양쪽에 폭 500미터 방사림이 생겨난 것이다. 이제는 오히려 중국 측에서 '10억 그루 나무 심기'라는 목표를 위해 한층 더 의욕을 내비치는 실정이다.

서로에게
믿을 만한 상대가 된다는 것

그러나 미래숲 사업을 사막에 나무를 심는 환경활동으로만 인식하는 것은 너무 단편적인 시각이다. 권병현의 꿈은 물리적인 의미의 녹색장성에서 그치지 않는다.

"지금도 그렇지만, 앞으로 중국은 미국을 대적할 만한 핵심 세력으로 떠오를 거예요. 역사적인 공통분모를 가진 이웃으로서도 중국은 우리나라에 필연적으로 영향력을 계속 미치겠지요. 미국, 일본, 북한이라는 변수가 외교적으로 복잡 미묘하게 얽혀 있는 우리나라 상황에서 중국과의 관계는 매우 중요합니다. 그들과 흔들리지 않는 신뢰 관계를 형성하는 것은 우리에게 꼭 필요한 생존 조건 중 하나지요. 이런 외부적 상황을 인식하다 보니 사막화 방지라는 공동 목표 아래 '나무와 인재'를 하나로 묶는 아이디어를 떠올리게 되었어요. 그래서 한중문화청소년협회를 만들었던 거죠. 오랜 세월 외교관 생활을 하면서 고민했던 양국 간 신뢰 문제의 해법이 이 안에 들어 있다고 할까요?"

옛말에 수인백년(樹人百年) 수목오십년(樹木五十年)이라 했다. 정도의 차이는 있겠지만, 인재를 키우는 것은 나무를 심고 가꾸는 일과 일맥상통한다. 오히려 나무를 기르는 것보다 지난하지만 더 보람 있는 일일지도 모른다. 이런 철학을 바탕으로 미래숲에서는 매해 녹색봉사단이라는 이름 아래 우리나라의 젊은 청년들을 선발해 중국으로 보낸다. 이들의 활동에는 '중국의 미래 권력'이라 불리는 공산주의청년단(공청단) 간부들이 함께 참여한다.

2014년 나무 심기 행사에는 공산주의청년단 간부를 비롯해 대학생, 중국국제청년교류센터와 베이징 시 관계자 등 150여 명이 동참했다. 두 나라 청년들은 환경 공동체로서 공동의 문제를 인식하고 어려움을 함께 해결하는 과정에서 깊은 교감과 우정을 나누게 된다. 권병현은 그들 앞에 준비된 미래에 이런 신뢰 관계가 많은 문제를 해결하는 데

도움을 주리라 확신한다.

"앞으로 두 나라 인재가 같이 할 일이 얼마나 많겠어요. 믿을 만한 상대가 된다는 건 아주 중요한 문제예요."

그가 보기에는 중국의 모래바람으로 한국과 중국이 서로 다툴 이유가 없다. 공동의 현안이니만큼 힘을 합쳐 이 문제를 중심에 두고 교류하면서 해결하면 되는 것이다. 우리나라가 눈앞의 이익에만 급급하지 않고 장기적인 안목으로 협력할 수 있는 믿을 만한 친구라는 이미지를 남기는 것이 중요하다.

"황사로 폐허가 되었던 마을에 인가가 하나둘 늘어나면서 다시 고향

으로 돌아오는 주민들이 점점 늘어나고 있어요. 그중에 75세 된 곽 노인은 나를 형님이라 부르지요. 그의 부인, 아들, 며느리, 쌍둥이 손녀들도 갈 때마다 반갑게 맞아줍니다. 미래숲 중국 대표로 사막을 자주 드나드는 내 아들 편에 토종 달걀을 노상 보내오는데 운반 도중에 자주 깨지기도 해요. 최근에는 사막에 일군 밭에서 수확한 옥수수, 수박, 감자, 땅콩도 보내오곤 한답니다. 완전 무공해 식품이지요."

그는 바로 이런 모습에서 자신이 꿈꾸는 미래숲의 또 다른 미래를 확신한다. 사람과 사람이 만나는 초록 땅에서, 사람과 사람을 잇는 푸른 이상향이 펼쳐져 있을 것이라고.

잘못 탄 기차가
인생을 목적지에 데려다준다

권병현은 경상남도 하동군 진교면 진교리에서 5대 독자로 태어났다. 거창한 집에서 태어난 것은 아니었지만 귀한 자손으로 많은 사랑을 받으며 자랐다. 어쩌면 그는 그래서 세상에 갚을 것이 많다고 생각하는지도 모르겠다면서 소년 같은 미소를 지었다.

그의 인생에서 첫 번째 멘토는 아버지였다. 권병현의 아버지는 전통 서당 교육과 신식 교육을 모두 받았다. 당시에는 일본을 통해 근대화 물결이 들어오던 때였다. 신문물에 대한 호기심과 학구열을 주체하지 못한 아버지는 할아버지 밑에서 서당 교육을 받다가, 고집을 피우고 가출까지 하며 보통학교에 입학했다.

"고집 세기로 소문 난 할아버지였지만 그래도 자식 고집을 꺾을 수는 없었어요. 보통학교를 마친 아버지는 옛날식 공부가 성에 차지 않았는지 다시 일본까지 건너가 공부를 했지요."

그런 아버지 덕분에 어린 권병현은 새로운 앎을 찾아 바다를 건너는 미래를 자연스레 꿈꾸었을 것이다.

그가 두 번째로 만난 멘토는 초등학교 1학년 담임이었던 황학용 선생님이다.

"지금 생각해보면 황 선생님은 한국의 페스탈로치였어요. 해방 직후 우리 교육 환경은 무척이나 척박했거든요. 제대로 된 동요 하나 없었죠. 하지만 선생님은 유행가를 번역해 우리에게 '노래'라는 걸 가르쳐주셨어요. 그때 배운 것들이 만담, 웅변, 노래, 연극, 토론 같은 것들이에요. 학생들로 학예팀을 만들어 야간계몽대를 꾸리기도 하셨고요. 나름 농촌교육을 시도하신 거라고 볼 수 있죠."

권병현은 그중에서 만담팀이었는데 아직도 그때 외웠던 구절들을 선명하게 기억한다.

"한 대목 읊어볼게요. '원산지호(遠山之虎)가 자근산래(自近山來)하여 아지장인(我之丈人)을 착거(捉去)하니 유창자(有槍子)는 지창래(持槍來)하고 유궁자(有弓子)는 지궁래(持弓來)하라!' 무슨 내용인가 하니 '먼 산에서 호랑이가 내려와서 우리 장인을 잡아 갔으니 창을 가진 사람은 창을 들고 활이 있는 사람은 활을 가지고 오라'는 뜻입니다. 장인이 호랑이에게 물려 간 위급한 상황에서도 자기 유식한 자랑만 하고 있는 지식 계층을 비꼬는 대목이지요."

초등학교 내내 이어진 계몽 활동의 경험은 훗날 세상살이에서 보람과 가치를 찾아내려는 권병현의 자세를 만들어주었는지도 모른다.

중학교에 들어가서는 권병현 스스로 동네에 야간문맹학교를 개설해 운영하기도 했다. 먹고살기에 바빠 배우거나 생각할 틈도 없는 사람들을 동사무소에 모아놓고 야간학교를 열었던 것이다.

물론 현실은 말만큼 쉽게 이루어지는 법이 없었다. 고등학교 1학년 때까지 문맹학교를 운영하는 데 공을 들였지만 다들 힘든 시절이라 도통 협조를 해주지 않았다. 만류에도 불구하고 하나둘 교실을 떠났다. 마지막으로 남은 학생이 꾸벅꾸벅 졸다가 떠나버렸을 때는 한 가닥 남은 희망마저 사라진 느낌이었다. 좌절한 권병현은 마음속으로 결심했다. 지금 돌이켜보면 황당한 발상이지만 가난 속에서는 답이 없다는 생각에 '출세'를 하기로 마음먹은 것이다.

권병현은 서울대학교 법과대학에 가기로 결심했다. 그때는 권력이 곧 출세였던 시절이었다. 서울 사정이 어떤지 잘 알지도 못하는 상태였으니 무모한 도전이라 할 수 있었다. 농업학교에서는 가르쳐주지도 않는 독일어를 독학으로 익히며 서울에 올라와 시험을 쳤다. 자신도 예상한 대로 당연히 떨어졌다.

하지만 그는 포기하지 않았다. 오히려 한 번 시험을 보니 해볼 만하다는 생각이 들었다. 1년 동안 이를 악물고 더 열심히 공부해서 이듬해 합격을 했다. 당시 마을 사람들은 서울대학교 법대라는 게 어떤 건지도 잘 몰랐다. 하지만 아버지만은 언제나 그가 하고자 하는 것을 끝까지 성원하고 밀어주셨다. 지금 생각해봐도 아버지에게는 고마운 정이 새록새록 솟는다.

　기쁨도 잠시, 입학을 하자마자 금세 후회가 밀려들었다. 대학에 들어가서 보니 자기 성정과는 전혀 어울리지 않는 곳이었다. 한마디로 번지수를 잘못 찾은 것이다. 이후 권병현은 법률 과목에서 줄줄이 과락하면서 한동안 방황 아닌 방황을 하게 되었다.

　"뒷날 생각하면 오히려 다행이랄 수 있는 게, 당시 서울대 학생에겐 지식을 마음껏 향유할 특권 아닌 특권이 있었어요. 지금은 마로니에 공원이 된 연건동에 학교가 있었는데, 문리대학과 법과대학 사이에 걸린 구름다리를 통해 시간만 나면 문리대로 건너갔어요. 법률 공부는 다 제치고 권중희 영어, 고석후 철학, 이양하 영시, 이용희 국제정치는 물론, 프랑스어와 클래식 등 다양한 지식과 문화에 흠뻑 빠져들었죠."

　잘못 탄 기차가 인생을 목적지에 데려다주기도 한다. 의도치 않았던 방황은 그를 새로운 세상으로 이끌었다. 문맹 세계에서 시골 아이로 자란 권병현은 인문에 대한 갈증으로 목이 말랐다. 바짝 마른 스펀지가 물을 빨아들이듯 모든 지식을 쭉쭉 빨아들였다. 법대 학생회에서 매주 열리는 저명인사의 토요강좌도 특별한 즐거움을 선사해주었다. 학생회에서 초청하면 함석헌, 유달영, 장준하, 한태연, 이해구 같은 사람들이 기꺼이 달려와서 강연을 해주었다.

　그때 읽은 책도 몇 수레 분량이 넘었다. 중앙도서관에 가서 다 읽지도 못할 책을 욕심껏 빌려 나오면서 느꼈던 그맘때의 행복은 권병현을 짜릿하게 만들어주었다. 그러다가 권병현은 그의 인생 세 번째 멘토인

이한기 교수를 만나게 되었다.

"어느 날 학교에 방이 붙었는데 '토요일 국제법 세미나: 이한기 교수'라고 쓰여 있었어요. 컬럼비아 대학교에서 유학을 했다는 당대의 석학이었죠. 이한기 교수가 쓴 국제법 저서가 수십 년간 독보적인 교재로 자리 잡았을 만큼 그 분야에서 타의 주종을 불허했던 사람이에요. 관심이 생겨서 찾아갔어요. 그런데 2학년부터 수강자격이 있다는 거예요. 물러서지 않고 선배에게 가서 조목조목 따졌어요. 그런데 그 장면을 지켜보던 교수가 나를 준회원 자격으로 참여할 수 있도록 즉석에서 허락해주었어요."

이한기 교수의 강의는 너무나 매력적이었다. 국제적 분쟁 이슈를 한 가지 정한 다음 영문 원서를 놓고 끝없이 토론을 했다. 이한기 교수의 강의를 따라가는 동안 권병현은 조금씩 제 갈 길을 찾아냈다. 비로소 우물 안에서 나와 좀 더 넓은 세상을 보기 시작한 것이다. 그때 그렇게 배운 국제법이 훗날 권병현을 외교관의 길로 이끌었다고 해도 과언이 아니다.

어지러운 세상
어지러운 시대

1960년, 대학생이던 권병현은 돌연 거센 역사적 흐름과 맞부딪쳤다. 자유당이 벌인 대대적인 3·15 부정선거가 도화선이 되어 마산에서 부정선거 규탄 시위가 벌어졌고, 정부의 무자비한 진압으로 국민의 분노가 극에 달하고 있었다. 전국 각지에서 학생 데모가 들불처럼 일어났다. 이는 곧 이승만 대통령의 하야를 부른 4·19 혁명으로 이어진다.

"대학교 3학년 때였어요. 당시의 나는 장준하, 함석헌, 신상초 선생 등 당대 민주화 영웅들의 특강을 듣고 새봄의 신선한 풀 냄새를 맡은 송아지처럼 들떠 있었지요. 문리대의 윤식, 하일민, 김영일, 법대의 김광일과 내가 서울대 데모 최초 모의에 가담하고 창경원에서 미리 모이기도 했어요."

그를 빼고는 훗날 모두 유명 정치인 아니면 반체제 유명인사가 된 사람들이다.

"4월 19일 아침 권중희(서울대 총장 역임) 교수의 강의를 300여 명이 듣고 있는데 밖에서 소란스런 소리가 들려왔어요. 대광고등학교 학생들이 거리를 지나가고 있었죠. 그때 내가 일어나 앞으로 나갔어요. '우리가 앉아 수업받을 때가 아니다, 나가자' 하고 선동을 한 거죠."

권중희 교수는 그들을 조용히 만류했다. 하지만 피 끓는 학생들은 더 이상 조용히 숨죽일 수 없었다. 강의실에서 나온 학생들은 거리로 뛰어나가 시위에 합류했다. 경무대 앞에 대학생 2만 명이 넘게 모였고, 거기에서 기다리고 있던 기동대와 맞대응을 하면서 곤봉으로 맞고 최루탄을 뒤집어썼다.

많은 사람들이 끌려가고 다쳤다. 경찰의 무차별 총격으로 많은 사상자까지 발생했다. 과잉 진압이 국민을 더욱 격노시켰고, 결국 엿새 후 대학교수들의 시국선언과 대통령 하야 소식이 잇따라 전해졌다.

어지러운 세상, 어지러운 시대였다. 그럴수록 권병현은 뭔가에 매달리고 싶었다. 아니 매달려야만 했다. 그러지 않고는 그의 정신이, 그의 젊음이 그의 인생을 가만 놔두지 않을 것 같았다. 권병현은 흐트러진 정신을 가다듬고 의연금을 모금해 동아일보에 맡겨놓고는 곧장 고시 공부를 시작했다.

첫해에는 낙방했지만 두 번째 해에는 행정고시에 수석으로 합격했다. 예상되는 결과가 썩 좋지 않아 군대에 입영하려고 논산으로 가는 길에 신문을 보고 나서야 알게 된 소식이었다. 권병현은 씁쓸한 미소를 지었다. 누구든 피해 갈 수 없던 젊음의 불안이 그에게도 함께한 시절이었다.

그런데 논산 훈련소에 도착하니 폐렴이 있다는 사실이 발견되었고, 그 때문에 귀가 조처를 받았다(나중에 알고 보니 폐렴이 아니라 폐디스토마였다). 그 무렵부터 권병현은 왠지 모를 정신적 혼란과 함께 심각한 자살 충동을 느꼈다. 매달렸던 목표에 도달하고 나서도 그다음이 보이지 않으니 생겼던 감정이었다. 손에 잡히지 않는 인생의 허망함 같은 것이었을까? 꿈에 그리던 고시에 합격하고도 삶은 달라지는 게 없었다. 허무가 파도처럼 엄습했다. 이럴 거면 왜 그렇게 열심히 달려왔는지, 사는 게 무슨 의미가 있나 싶었다.

"혼자서 방황하다가 돈암동에 사시던 이한기 선생님을 찾아갔어요. 선생님은 아무렇지도 않은 듯이 껄껄 웃으시며 '나도 동경제대 1학년 때 자살 충동을 느꼈다. 네가 이제 철이 드는 거다. 괜찮다'라는 말로 위로해주시더군요. 사람이 온몸과 마음을 다해 존경하는 사람이 있다는 건 위기의 순간에 그렇게 도움이 되더군요. 당장에 죽을 것만 같았는데 그분이 다 지나가는 한때의 과정이라고 위로를 해주시는 순간 거짓말처럼 스르르 마음이 풀렸어요. 정말로 감쪽같이 그런 생각이 사라지기 시작하더군요. 사람의 생각과 믿음이란 이렇게 놀라운 힘이 있어요. 그 뒤에도 선생님은 중요한 고비마다 멘토가 되어 조언을 아끼지 않았어요. 평생 나를 도와준 인연이죠."

이한기 선생님은 늘 "우리나라는 힘없는 작은 나라이니 밖에서 벌어 안을 먹여야 한다. 다른 나라와의 외교가 우리나라의 성패를 좌우할 것이다"라고 가르쳤다. 그의 말을 가슴에 품은 청년 권병현에게도 자연스레 앞으로 해야 할 일이 정해졌다.

중국에 들어가니
할 일이 보이더라고

1965년 권병현은 호흡을 가다듬고 힘찬 걸음으로 외교부에 들어갔다. 젊은 외교관 시절, 그는 서서히 세계의 중심으로 이동하는 중국의 힘을 인지했다. 당시 중국은 공산권 국가여서 우리나라와 정식 수교도 맺지 않은 상태였지만 외교관으로서 그의 감각은 하루빨리 앞날을 대비해야 한다고 일깨워주었다. 어쩌면 어릴 때부터 익힌 한문 공부가 그런 생각을 만드는 데 일조했을지도 모른다. 우리 문화의 뿌리는 중국을 빼놓고는 설명할 수 없다는 게 평소 그의 견지였다. 또 미국에서 얻은 독서 경험도 영향을 주었다.

"1967년에 미국재단에서 1년간 공부를 시켜준다는 제의에 응해 영어 시험을 보고 발탁되어 미국으로 유학을 갔죠. 당시에는 보안법이 있어서 공산권 국가와 관련된 책은 모두 금서였어요. 그런데 미국에 가서 보니 그런 책이 지천에 널린 거예요. 뉴욕 책방을 섭렵하며 책을 사들였어요. 『공산당선언』『모택동 전기』도 이때 모두 읽었죠. 그 때문인지 언젠가는 두 나라가 함께 손잡고 공존해야 한다는 생각이 강했어요. 이곳에서 공부했던 공적개발원조(ODA: Official Development Assistance)라는 개념도 훗날 중국과의 해결 방책을 찾는 데 많은 도움이 되었습니다."

중국에 초점을 맞추고 꿈을 키워서 어떻게 해서든 중국과 연결을 해야겠다는 것이 그의 인생 일모작에서 일대 과업이었다 해도 과언이 아니다. 외교부 직원들이 선호하는 유럽이나 미국 파견 근무를 마다하고 계속 아시아권 국가에 지원했고, 본부에서도 중국과장, 일본과장, 아주심의관, 아주국장 등 아시아통으로 일관했다. 지속적으로 중국의 동향을 살피고 주변 정세를 습득하는 사이 어느덧 외교부에서 중국 전문가로 인정을 받았다. 미국 피츠버그 대학교에서 공부했을 때나, 1969년 LA 총영사관에서 첫 해외 근무를 할 때도 중국 권위자인 버클리 대학교의 로버트 스칼라피노(Robert Scalapino)와 차머스 존슨(Charmers Johnson) 교수를 찾아가 개인 지도를 받았다. 중국에 관한 도서를 추천받아 읽고 중국어 공부도 꾸준히 했다. 1972년 한국에 돌아왔을 때는 동남아과장을 맡으라는 걸 사양하고 갓 신설된 초라한 중국과를 자청했다. 김하중, 이태식, 김재섭 사무관 등 후일에 모두 장차관을 지낸 인재들을 중국과에 데리고 와서 중국과의 앞날을 준비했다. 이런 꾸준한 노력과 소신은 마침내 한중수교의 물밑 작업에서 빛을 발했다.

"1992년에 이상옥 장관한테서 한중수교 교섭을 극비리에, 또 단기간에 타결하라는 밀명을 받고 드디어 큰 숙제가 내게 떨어졌다는 걸 실감했지요. 한중수교 교섭만큼은 내 손으로 해봤으면 하는 열망이 있었고, 내 나름대로 꾸준히 준비해온 터라 극소수의 인원으로 3~4개월 내에 수교 교섭을 타결하는 데 최선을 다했지요. 운도 따랐다고 봅니다."

당시 한중수교는 대만과 북한 문제로 인해 극비에 부쳐 진행되었다. 교섭은 가히 007 작전을 방불케 했고, 협상 결렬 위기를 넘긴 적도 한두 차례가 아니었다. 몇 가지 아쉬운 점이 남았지만 결과는 성공적이었다. 한중수교 예비 교섭 대표로 중국과의 통상외교업무 정상화의 산파역을 훌륭히 소화해낸 권병현은 1998년 정식으로 주중대사로 발령이 나면서 양국 관계에 든든한 초석을 다지기 시작했다.

외교 관계의 시작은 무엇보다 양국의 신뢰 관계를 지속적으로 형성해나가는 일이다. 중국으로 들어가니 자연스럽게 다음 할 일이 눈에 보였다.

"주중대사로 부임하던 날, 베이징 공항을 가득 덮었던 황사를 잊을 수가 없었어요. 얼마나 심하던지 와이퍼로 닦아내며 운전을 해야 할 정도였어요. 그날 저녁 서울에도 황사가 심하다는 딸아이의 전화를 받고 문제의 심각성을 다시 한 번 실감했죠."

황사의 원인은 사막화였다. 당시 중국은 이런 내용을 외부에 공개하지 않으려 했다. 이후 권병현은 중국 정부 관리, 공산당 간부, 언론인 등 사회 지도층 인사를 만나 황사의 심각성을 강조하며 양국이 공동으로 대처해보자고 설득했다. 사막화 방지를 위한 방풍림 조성 사업은 양국이 협력할 수 있는 장기 프로젝트였다.

그러나 이 공동 전선을 구축하는 데도 반대가 많았다. 양측을 설득하는 데만 오랜 시간이 걸렸다. 중국인들은 먹고사는 것도 시급한 마당에 인접국에서 때 아닌 환경 운동을 앞장세우는 것을 마뜩잖아 했다. 한국에서도 국내 경제가 어려운 판인데 남의 땅에 가서 왜 우리 돈을 낭비하느냐는 힐난이 따랐다. 사면초가였다.

쉽지 않은 설득 작업 끝에 1999년부터 한중 양국 국민이 베이징 근교의 밀운 지역에 함께 나무를 심고 첫 번째 한중 우의림 단지를 조성했다. 이어 2000년에는 한국의 민관 녹색 조림단이 중국의 서북부 사막·황막화 지역을 찾아가 함께 한중 우의림 단지를 만들었다. 지금은 중국 전역에 만들어진 우의림 단지가 중국인이 즐겨 찾는 식수 조림 시범 단지가 되어 양국 신뢰 관계의 예화로 종종 이용되기도 한다.

누군가는
꼭 해야 할 일

뚝심 있는 추진력을 발휘하며 성공적으로 주중대사 임기를 마치고 난 2000년 8월 권병현은 고별 기자회견을 열었다. 드디어 그의 인생 일모작이 끝나는 시점이었다. 그 자리에서 권병현은 세 가지 선언을 했다. 첫 번째는 고생한 아내를 위해 앙코르와트 여행 가이드를 자처하겠다는 것, 두 번째는 미얀마에 가서 국제 명상 프로그램에 참여하겠다는 것, 세 번째는 고향에 가서 도자기를 굽겠다는 것이었다.

의외랄 수 있지만 가끔 도자기를 굽는 것은 권병현의 행복한 취미였다. 사실 도자기를 굽겠다는 말은 상당히 중의적인 표현이었다. 다시 말하면 이제는 굴레를 벗고 자신이 살고픈 대로 마음껏 살아보겠다는 뜻이었다. 마치 한나라의 책사 장량이 유방을 떠나 산수 좋은 장자제로 숨어들었듯 말이다.

기자회견에서 공언한 대로 그는 먼저 아내와 함께 앙코르와트로 떠났다. 오늘의 그를 있게 한 또 하나의 숨은 공로자를 꼽으라면 바로 아내였다. 교수 소개로 만난 아내는 미국에서 하프시코드를 공부하려는 음대생이었다. 이미 장학생으로 선발된 상태라 유학만 다녀오면 우리나라 음악계의 하프시코드 연주자 1호로서 이름을 날릴 수 있는 재원이었다. 그러나 권병현을 만나 그 모든 걸 접고 평생 남편의 그림자로 살았다.

외교관 생활이 그렇듯, 겉으로는 화려해 보여도 무대 뒤에서는 챙겨야 할 것들이 많다. 몇 년마다 나라를 옮겨 다니는 직업이니 그때마다 아이들을 새로운 환경에 적응시켜야 하고, 공식 모임과 활동에도 소홀히 할 수 없다. 그 모든 일을 아내는 그녀의 일생을 바쳐 해준 것이다.

"무대 위에는 내가 있었지만 뒤에서 연출하고 조정하는 모든 역할은 아내의 몫이었죠. 이제 와 생각이 드는 거지만, 내 인생에 이광애라는 여자를 못 만났더라면 일모작이든 이모작이든 모두 불가능했을 거예요."

아내에 대한 미안하고 고마운 마음을 담아 은퇴 기념 여행을 다녀온 권병현은 미얀마의 명상 수련원에 들어갔다. 이제는 고향에 돌아가 여가를 즐기면서 가정에 많은 시간을 할애해야겠다고 생각했다. 그러나 삶은 결코 그를 한가로이 놔두지 않았다. 김대중 대통령이 일방적으로 그를 대외동포재단 이사장으로 발령해버린 것이다. 단호하게 거절할 수 있는 상황이 아니었다. 중국 사막에 아직 못다 한 일이 남아 있다는 것을 느끼던 차이기도 했다. 결국 권병현은 자신의 방식대로 일을 풀어나가겠다는 결심을 하고, 이사장직 수락과 동시에 2001년 미래숲을 설립했다. 전직 외교관으로서 보장된 편안한 노후를 즐기겠다는 상념은 이미 멀찌감치 날린 터였다.

권병현에게는 오래전부터 인류 문명의 주도권이 서서히 중국으로 기운다는 확신이 있었다. 그렇다면 중국과의 긴밀한 교류는 더욱 필수적이었다. 권병현은 당시에 중국의 인재풀이었던 공청단과 한 해 20명 정도의 인적 교류를 하고 있었는데 이 숫자를 1,000명으로 늘리자고 대통령에게 제안했다. 일단 어찌어찌 대통령 동의는 받았지만 국민 세금으로는 파격적인 예산 배정이 불가능했다. 예산이 없으면 일이 제대로 풀리기 어려웠다. 그렇다면 독자적인 민간 활동 영역으로라도 교류를 늘려야 했다. 그렇게 해서 2002년 4월, 미래숲에서 100명을 시작으로 공식적인 청년 교류를 시작했다.

"2001년 미래숲을 설립하고 활동을 시작했을 때 걱정스러운 마음이 없었던 것은 아니에요. 그러나 누군가는 해야 할 일이고 어렵지만 함께 나누는 일을 하고 싶다는 생각은 버릴 수가 없었죠. 마음의 소리를 따르기로 했어요."

이제부터가
나의 온전한 인생이다

마음의 소리를 외면하지 못하고 미래숲에 뛰어들어 사막의 모래바람에 몸을 맡긴 지 벌써 10여 년이 훌쩍 흘렀다. 그간 미래숲은 네이멍구에 600만 그루에 달하는 녹색장성을 조성하고, 해마다 중국과 교류하는 녹색봉사단을 13기째 배출했다. 또 한국의 산림청 녹색사업단, SK, 대한항공, 서울시, 경기도 등과 협약을 맺어 꾸준한 환경 운동을 전개하고 있다.

"되돌아보면 힘들었던 순간도 많았어요. 기존의 권위와 가치를 버리고 밑바닥부터 다시 시작해야 했으니까요. 그래도 행복했어요. 미래숲을 만들고 일구면서 그 어느 때보다 신나고 재미있었어요. 예전에는 쉽게 느껴볼 수 없었던 감정들이 혈관을 타고 흐르면서 제 심장을 뛰게 만들었으니까요."

10여 년의 세월은 비단 권병현의 혈관과 심장으로만 뛰어다닌 것이 아니다. 이젠 사람들에게 지난 세월의 성과를 눈으로 보여줄 만큼은

진행이 되었다. 지금 컴퓨터를 켜고 구글 지도를 찾아보면 사막 한가운데 선명한 초록색 선이 생겨나 있는 것을 볼 수 있다. 서쪽에서 동쪽으로 침범해 들어가는 거대한 사막의 전진을 나무로 막아내려는 노력의 결정체인 셈이다. 이제는 이 초록색 선을 거대한 초록색 면으로 변모시키는 것이 권병현의 꿈이다.

그가 생각하는 지구는 우주적 시야에서 보면 작은 별 하나에 불과하다. 그러니까 국가란 것도 작디작은 별 안에서 인위적으로 구분된 것일 뿐이다. 인간과 인간뿐만 아니라 인간과 자연까지 함께 더불어 잘 살 수 있는 길도 있는 것이다. 하지만 공직에 있던 권병현은 언제나 국가라는 테두리 안에서 외교관으로서 일을 처리해야 했고 그러다 보니 괴로울 때도 많았다. 공적 기관에서 일하다 보면 아무래도 제약을 피할 수 없었다.

"상사나 조직, 국가와 연결되어 있으니 개인이 할 수 있는 선택이 업무적으로 아주 적어요. 국가라는 것도 어떤 의미에서 보면 제약이잖아요. 나는 공무원이었기 때문에 나라의 입장을 우선 대변해야 했어요. 보편적인 인간성에 부합하는 이상적인 길을 놔두고도 타협과 제약 아래 굴복해야만 하는 적도 많았죠. 어쩌면 직장 생활은 농사로 치면 보리농사였어요. 시행착오와 실패를 겪고 그런 과정을 통해 세상을 배우는 과정이었죠."

그러나 이제 그의 앞에 놓인 길은 자신의 철학과 인생관을 토대로 자신이 생각한 인생의 완성을 향해 스스로 선택할 수 있는 일이다. 거기에는 무궁무진한 자유가 있다. 그가 원하는 이상향을 향해 거침없이 걸어갈 수 있다. 전 주중대사라는 화려한 수식어가 꼬리표처럼 따라붙지만, 그때의 경험을 지금의 자원으로 활용할지언정 단 한 번도 자신의 인생 이모작에 그 직함을 사사로이 사용한 적이 없다. 그는 권위와 체면을 벗어던진 자유로운 한 인간으로 사막에 우뚝 서고자 했고, 지구별에 터럭 한 올만큼이라도 도움이 되는 순전한 여행자이길 원했다.

"드디어 본 게임이 시작된 거고 이게 나의 온전한 인생이에요. 조직의 소속원이나 공무원 신분으로는 어림도 없었던 일이에요. 지구별에 사는 자유인의 신분으로서 이제 마음껏 날개를 펴는 거예요. 분명히 다들 진정으로 하고 싶었지만 마음껏 해본 적이 없는 하나의 '일'이 있을 거예요. 형편이 안 되어 못했다고들 하지만, 대부분은 용기가 없어서이지요. 용기를 내면 일은 이루어지게 되어 있어요."

물론 권병현이 하고자 하는 일은 그의 말처럼 용기만으로 되는 것이 아니다. 입으로 내뱉기는 쉽지만, 나무를 심고 가꾸는 것은 결코 간단한 일이 아니다. 오늘의 거목보다 미래의 씨앗 하나를 위해 지속적으로 땀을 흘리는 고단한 농사이다. 아무런 개인적 대가를 바라지 않고 몇십 년 세월 동안 묵묵히 나아가는 수행이다. 한 그루의 나무를 심듯, 나의 앞이 아닌 모두의 앞을 보고 꾸준하게 나아가는 것, 그것이 지금 권병현의 유일한 희망이다. 아마 그래서 그에게서는 기분 좋은 솔잎 내음이 나는 것일 테다. 그 그윽한 향기에 나는 어느덧 정신이 몽롱해졌다. 아름다운 사람에게 혼곤히 취했던 모양이다.

인터뷰어 | 김정은

내가 버린 것은 단 하나뿐이지만

/ 두 번 째

모든 것이 가하나 모든 것이 유익한 것이 아니요

모든 것이 가하나 모든 것이 덕을 세우는 것이 아니니

누구든지 자기의 유익을 구하지 말고 남의 유익을 구하라

●

이

완

주

외국인 노동자 병원 입구에 중국 동포 남성이 쓰러져 있었다. 검사 결과 밝혀진 그의 병명은 간암 말기. 암 덩어리는 이미 손쓸 수조차 없을 정도로 온몸 구석구석까지 퍼진 상태였다. 2개월 남짓밖에 안 되는 생애 마지막 나날을 병원에서 보낸 환자는 가족도 만나지 못한 채 이국땅에서 세상과 작별해야 했다. 죽어가는 환자 곁엔 이완주가 있었다. 이완주는 언제부턴가 그 자리가 원래 자신이 있어야 할 곳임을 깨달았다.

죽어가는 환자의 마지막 자리를 돌보는 일은 이완주의 몫이었다. 의료 사각지대에 놓인 수많은 환자의 몸과 마음을 헤아리는 건 이완주의 선택이었다. 의료봉사라고는 꿈에서조차 상상해본 적 없는 평범한 의사 이완주에게 예순을 앞두고 '외국인 노동자 병원장'이란 타이틀이 붙은 건 오로지 '의술'이라는 좋은 기술 덕택이었다. 평범한 의사 이완주의 비범한 삶은 인생 후반전을 맞이하고 나서야 시작되었다.

다 늙어 홀로 떠나는
인도 여행이라니

로밍중이라는 말을 시작으로 신호가 울렸지만, 전화기 주인의 목소리는 좀처럼 들려오지 않았다. 국내외에서 활발한 의료봉사를 펼치고 있는 이완주이기에 '로밍중'은 '의료봉사중'이라는 뜻으로 해석되었다. 전화로, 문자로, 연거푸 연락을 남겼지만 돌아오는 답은 없었다. 며칠 뒤 수소문 끝에 연락이 닿은 그녀의 딸에게서 이완주가 언제 한국에 돌아오는지 들을 수 있었다. 겨울의 끝자락과 봄이 오는 길목을 인도 뱅갈로의 시골 마을에서 보낸 이완주는 대한민국 곳곳에 봄 냄새가 진하게 퍼질 무렵 '컴백홈'을 알렸다.

"어느 때보다 흥미로운 봉사였어요. 인도에 여러 차례 갔지만 오직 아이들을 대상으로 봉사를 한 건 이번이 처음이었어요. 학교와 고아원 여러 곳을 돌며 수천 명이 넘는 아이들을 살폈는데, 소아과 전문의에게 이보다 더 흥미로운 봉사란 없거든요."

이완주는 10년째 자비를 들여 인도에 간다. 방문 횟수와 체류 기간이 불규칙적이었던 과거와 달리 몇 해 전부터는 규칙적으로 방문한다. 1년에 두 번, 한 번 방문할 때마다 한 달 남짓 머무른다. 인도에 도착

하면 현지에 머물고 있는 선교사와 함께 다니지만 한국에서 인도에 도착할 때까지는 언제나 그녀 혼자다.

홀로 짐을 꾸리고 홀로 인도행 비행기에 오른다. 배낭여행 떠나는 여행자처럼 이완주는 제일 값싼 비행기 티켓을 찾아 구입하고 여러 곳을 경유하는 일정도 마다하지 않는다. 설렘과 힘겨움이 자연스레 교차하는 그녀의 발걸음은 여느 전문 여행가 못지않다.

"인도 가는 길은 매번 고난의 연속이에요. 그러면서도 힘겨워야 인도지, 달리 인도이겠나 싶은 생각으로 에너지를 끌어내곤 해요. 굳이 수많은 국가 중에서 인도를 찾는 이유는 단 하나, 내가 할 수 있는, 내가 갈 수 있는 최전방에 있는 나라이기 때문이에요."

지구촌을 한 가족이라고 본다면 그녀에게 같은 대륙에 있는 국가는 피를 나눈 형제와 같다. 형제를 도와서 잘살게끔 만든 뒤에야 아프리카도 살필 수 있고, 중동도 보듬을 수 있다는 논리다. 그녀가 오래전 아이티 의료봉사활동 제의를 받았을 때 망설인 이유도 인접 국가를 먼저 보살펴야 한다는 책임의식에서 자유롭지 못했기 때문이다. 이완주는 10년 넘게 인도를 비롯해 베트남, 인도네시아, 필리핀, 중국, 캄보디아, 스리랑카, 파키스탄 등 대부분의 아시아 국가를 돌며 의료봉사를 펼쳤다. 그런 이완주가 남은 생애를 함께할 구체적이고 본격적인 해외 의료봉사의 무대로 인도를 택한 건 어쩌면 당연한 결과였다.

"성경에 여호수아와 갈렙이 나와요. 여호수아는 하나님이 선택해서 지도자로 삼은 사람이고, 갈렙은 여호수아를 도와 가나안을 정복하는 데 큰 공을 세운 사람이에요. 둘을 비교하라면 내 생각에는 여호수아보다 갈렙의 믿음이 더 좋다고 봐요. 갈렙은 여호수아와 달리, 하나님께 가장 척박하고 메마른 땅인 헤브론을 달라고 말하거든요. 그의 나이 여든에 말이죠. 내게 갈렙 같은 능력과 믿음이 있다고는 생각하지 않지만 그렇게 되고 싶은 열망이 아주 커요. 인도는 내게 주어진 헤브론 땅 같아요. 15년 전쯤 인도에 처음 갔을 때 학교와 병원을 세우고 싶다고 생각했어요. 그럴 수 없다면 그저 터라도 닦으면 좋겠다고 생각했죠. 그게 어느새 인생의 마지막 꿈이 되었어요. 내 나이 일흔에 말이죠."

특별한 기회
특별한 혜택
특별한 기술

　무남독녀 외동딸이었던 이완주는 어머니 말이라면 뭐든지 받아들일
정도로 지극히 순종적인 딸이었다. 의사였던 어머니는 그녀에게 "인생
을 살아가려면 특별한 기술 하나 정도는 가지고 있어야 하지 않겠냐"
라며 최고의 기술직인 의과대학 입학을 권유했고, 순종적인 이완주는
어머니의 뜻을 어렵지 않게 받아들였다.

　"1960년대만 해도 세 끼 밥 먹고 사는 게 큰 문제였던 때라 사실 여
자들이 의대에 진학하는 건 돈이 있어야 가능했어요. 어머니가 의사였
으니 먹고사는 데 지장은 없었죠. 어머니는 일제강점기에 남자들 틈에
껴서 의학 공부를 할 만큼 강인한 여성상의 표본이었죠. 나뿐만 아니
라 어느 누구라도 우리 어머니 앞에선 순종적이 되었을 거예요."

　적성에 맞는지 안 맞는지 여부를 판단할 겨를도 없이 어머니가 원했
기에 이완주는 의대에 입학했고, 어머니의 강한 지배력 아래 남다른
적응력을 보여주어야만 했다. 본인 스스로 생각하기에도 의대 공부가
영 형편없지는 않았다. 순종적인 이완주는 그저 현실에 잘 적응할 뿐
이었다. 한눈팔 새도 없었다. 보통의 대학생들처럼 때론 웃고 떠들고,
때론 고뇌하고 상념에 잠기면서 6년의 대학생활을 별 탈 없이 마쳤다.
물론 그때는 의료봉사활동은 생각조차 하지 않았다. 현실적인 성향이
강했던 이완주는 대학을 다니는 동안 단 한 번도 의료봉사의 필요성

을 깨닫지 못했다.

"자각 자체가 없었어요. 아니 관심조차 없었어요. 상황이나 분위기도 지금과 많이 달랐어요. 지금은 많은 대학생들이 국내외를 다니며 의료봉사를 하지만 그때는 그런 사람들이 극소수에 불과했지요. 일반적으로는 의료봉사를 잘 받아들이지도 않았고요."

1971년 대학을 졸업한 이완주는 인천기독병원에서 인턴 생활을 시작했다. 선배들의 따가운 눈치를 보아가며 정신 바짝 차리고 인턴 생활을 했다. 선배들은 호랑이보다 더 무서웠다. 그런 선배 중 이완주에게 유독 살갑게 대해주는 이가 있었는데, 그가 바로 지금 이완주의 남편이다.

"연애 감정에 익숙하지 않았으니까 그냥 누군가 잘해주면 홀딱 넘어가는 거예요. 이 사람이 날 좋아하나 싶어서 괜스레 남보다 한 번 더 쳐다보게 되고, 그러다 연애하고 결혼까지 하게 된 거예요. 지금 생각해보면 연애 기간에도 '선배님'이라 부를 만큼 알콩달콩한 재미가 없었어요. 몰라서 못했다기보다 남들 눈치 보느라 못한 거죠."

이완주가 레지던트 1년차에 올라갈 즈음, 두 사람은 1년간 이어진 연애에 마침표를 찍고 의사 부부로 정식 승인을 받아 첫 출발을 시작했다. 의대 진학을 권유했던 어머니의 뜻을 따랐던 이완주는 전공을 택할 때에는 남편의 제안을 따랐다. 여전히 순종적인 이완주였다.

"아이들을 딱히 좋아했던 것도 아닌데 소아과를 택한 걸 보면 주위 환경이나 요건이 맞아떨어졌다고 봐야죠. 남편이 산부인과를 하니까 소아과를 하는 것이 여러모로 좋을 것 같다는 판단도 있었어요. 지금

이야 세상이 많이 변했지만 70년대만 해도 산부인과나 소아과가 인기가 좋았어요. 어디서든 적응을 잘하는 편이니까 소아과 전문의로 무난하게 활동할 수 있을 거란 믿음이 있었어요."

레지던트를 마친 이완주는 남편과 함께 전라도 남원으로 내려가 첫 병원을 개원하며 삶의 터전을 닦았다. 레지던트하는 동안 품에 안은 두 딸을 돌보며 엄마로서 또 의사로서 안정적인 가정을 꾸렸다. 그러다 부부는 자녀들의 성장 환경을 이유로 1980년 가을 무렵 서울로 터전을 옮겼다. 서울에서 혼자 거주하는 친정어머니에 대한 걱정을 떨쳐낼 수 없었던 것도 어느 정도 영향을 주었다.

쉰여섯에 마주한
우물 밖 세상

"친정어머니가 환갑 즈음 우울증을 앓기 시작했어요. 말로 표현할 수 없을 정도로 심했어요. 병원에도 가고 우울증에 효과가 있다는 것은 다 해봤는데 나아질 기미가 보이지 않았어요. 우울증이란 게 완벽하게 고칠 수 없는 병이라는 걸 나도 잘 알고 의사인 어머니도 누구보다 잘 아니까. 사실 어머니가 힘든 시절을 거치면서 많은 것을 누리지 못하고 어려운 삶을 살았잖아요. 이렇게 저세상으로 가버리면 어머니가, 그리고 어머니의 삶이 너무 불쌍하겠구나 싶더라고요."

어느새 노쇠해진 노모에게 이완주의 도움은 절실했다. 어머니의 지시만 따르던 순종적인 딸 이완주가 이번엔 어머니에게 더 나은 삶을 위한 제안을 건네야 할 차례였다. 답은 종교였다.

"시댁이 기독교 집안이고 남편도 독실한 기독교 신자였어요. 시집오면서 집안 가풍을 따라야 하니까 교회에 가긴 했는데 믿음이 있었다기보다 남편이 가니까 같이 가는 정도였어요. 남편도 그다지 강요하는 편이 아니어서 심심풀이 신자에 불과했죠."

그러나 종교의 힘은 예상했던 것보다 훨씬 강력했다. 말씀과 기도만으로 아픈 이를 낫게 해준다던 하나님의 주장은 거짓이 아니었다. 병원에서도 완쾌가 불가능하다던 어머니의 우울증은 기적적으로 완쾌 판정을 받았다. 마음의 병은 더 이상 어머니 것이 아니었다.

"의사도 못 살린 것을 하나님이 살린 거예요. 남의 얘기도 아니고 내가 직접 겪으니까 '아, 이 양반이 살아 계시구나, 진짜구나' 하고 믿게 된 거예요. 사실 의사라는 직업이 과학적 지식에 기반을 두기 때문에 종교적인 것에는 백 퍼센트 심취하지 못해요. 믿는 사람들도 대개 반신반의해요."

종교는 당장의 우울증을 겪고 있는 어머니의 고질병을 고쳤고, 훗날 장대하게 펼쳐질 이완주의 인생에도 영향을 주었다.

"믿음이 있다고 해서 모두가 선행을 베풀지는 않아요. 사실 선행은 사람들 눈에 보이는 것일 수도 있고 그렇지 않을 수도 있어요. 쉽사리 단정 지어서는 안 되는 이유가 바로 그거예요. 지금 생각하면 종교 때문에 의료봉사를 접하게 되었다기보다는 종교도 의료봉사도 내게 주어진 과업 같은 게 아니었나 싶어요."

사람의 마음속에는 분명 선과 악이 존재한다. 그녀가 가지고 있는 선을 이끌어준 건 종교적인 측면의 도움이 컸지만 자신 안에 있는 선과 악을 통제할 수 있게 만든 건 애초부터 예정된 시나리오였다는 얘기다. 그래서일까? 이완주는 봉사에 어떠한 미사여구 하나 붙이지 않고 그저 '삶 그 자체'라고만 표현한다. 그러나 그 삶이란 지금껏 살아온 것과는 너무 다른 세상의, 180도 정반대되는 지점에 놓인 삶이다. "이런 삶도 존재하는구나"라고 체감하기까지, 그러니까 '온전한 삶 그 자체'를 만나기까지 이완주는 10년의 세월을 더 흘려보내야만 했다.

"겁쟁이였어요. 여러 방면에서 의료봉사단을 하나 만들어보자는 제안이 들어왔지만 10년 동안 이런저런 핑계를 대며 미루기만 했어요. 다른 직업도 마찬가지겠지만 의사는 사람의 목숨을 다루기 때문에 책임의식이 무척 강해요. 발만 담글 수는 없고, 일단 시작했다면 끝을 봐야 한다는 생각 때문에 뭐든 시작하기가 가장 힘들어요."

한사코 거절하던 이완주였지만 더 이상 숨을 구멍을 찾기가 어려웠다. 10년을 도망 다니듯 하던 이완주는 어느 날 의료봉사단 창단이라는 일에서 빼도 박도 못하는 신세가 되었다.

"다니던 교회에 정승용 목사님이라고 계시는데 제안을 할 때마다 매번 '못해요'라고 말하고는 자리를 피하느라 바빴어요. 그러다 하루는 매번 똑같은 대답만 하는 것도 뭣하기에 '의료봉사라는 걸 어떻게 하는지도 모르는데 어떻게 시작하겠어요?'라고 되물은 거예요. 이 말을 내뱉고 아차 싶었어요. 상대가 듣기에는 어쨌든 '관심'이 있는 것처럼 보일 테니까. 아니나 다를까 제 물음에 목사님이 반색하면서 '방법을 가르쳐줄 테니 의료봉사단을 꾸려달라'고 연신 부탁하는 거예요. 이제 더는 숨을 구멍도 없겠구나 싶었죠. 두 손 두 발 다 들고 '그래 한번 해 봅시다'라고 말하고 얼떨결에 시작한 거예요."

그러나 지금껏 한 번도 해본 적 없는 의료봉사를 쉰이 훌쩍 넘어 시작하려니 용기가 나지 않는 건 당연했다. 의료봉사단체로서는 꽤 활성화된 선한이웃클리닉이 이완주의 벤치마킹 대상이 되었다. 한 달에 두 번씩 국내에서 진행되는 의료봉사에 참여해 의료봉사활동 시스템을 익히는 것이 이완주에게 주어진 첫 번째 미션이었다.

얼떨결에 시작한 의료봉사활동은 소아과 전문의 20년차 이완주를 의대에 갓 들어온 신입생으로 되돌리기에 충분했다. 생각보다 배울 것이 많았고, 생각보다 헤아려야 할 것도 많았다. 의료봉사활동은 남을 돕겠다는 선한 마음 하나만으로는 쉽사리 도전할 수 없는 전문적인 봉사 영역이었다. 아는 것보다 모르는 게 더 많았던 신입 봉사자 이완주에게 때마침 소중한 멘토가 나타났다.

"선한이웃클리닉에 서명희 선생님이라고 계셨어요. 의사 경력으로는 5~6년 후배지만 의료봉사로 따지면 한참 선배님이었어요. 그분은 학생 때부터 의료봉사를 꾸준히 실천해왔으니까. 서명희 선생님과 국내외 의료봉사를 함께 다니면서 전반적인 진행 과정을 세세하게 익힐 수 있었어요. 그분을 볼 때마다 나와는 다른 세상을 사는 의사를 만난 기분이었어요. 같은 의사로서 부끄러웠어요."

10년을 도망치듯 거절하느라 급급했던 이완주는 자신의 과거를 되돌아보게 되었다. 우물 안에 있는 이완주가 비로소 우물 밖에 있는 이완주를 마주하는 시점이었다.

"사람들은 잘 몰라요. 의사란 게 일반 직장인보다 더 매여 사는 직업이에요. 평일 아침 9시부터 저녁 6시까지 점심시간 한 시간 빼고는 진료실에 앉아서 환자를 봐야 해요. 토요일에도 근무해야 하고요. 조퇴, 결근, 외근, 어느 것도 기대할 수 없어요. 그러니 쉬는 날은 무조건 휴식을 취해야 해요. 그렇게 쉬는 날에 의료봉사한다고 환자를 보는 건, 말 그대로 일주일 내내 진료를 보는 셈이죠. 정말 쉽지 않은 일이에요. 특히 의사생활을 몇십 년씩 했다면 일상적인 틀을 깨고 나오는 게 더 어려워지는 거예요. 해외 봉사는 병원 문 닫고 가야 하니 더 말해서 뭣하겠어요. 우리 교회에 의사가 저 하나뿐이었겠어요? 목사님이 다른 의사들한테도 여러 번 제안을 했을 거예요. 근데 다들 발 담그기가 싫은 거예요. 내 시간, 내 휴식, 내 자유, 내가 가진 것을 내놔야 하니까. 내 삶의 일부를 봉사에 사용해야 하니까. 서명희 선생님을 만나기 전까지는 나만 알았던 거예요. 의사에게 이런 역할이 있다는 걸 몰랐던 거예요. 적어도 나는 그런 의사가 아니었고, 내가 살던 세상의 의사는 그렇지 않았으니까. 나는 내 옆에 있는 이웃은 보지 못하고 오로지 내 것만 볼 줄 아는 의사에 불과했어요."

쉰여섯이 되어서 우물 밖으로 나온 이완주는 선한이웃클리닉 벤치마킹 과정을 거치고 나서 2001년 2월 정승용 목사의 적극적인 지원 아래 의료선교봉사단장이 되었다. 꿈에서조차 단 한 번도 생각하지 못한 직분이었다. 예상과 달리 흘러가는 인생의 굽이를 만났을 때 사는 게 재미있어지는 법이다.

'베테랑 의료봉사 전문가'라는
수식어

말이 의료선교봉사단이지 근 6개월 동안 이완주는 단장이자 유일한 단원이었다. 나홀로족을 자처하며 국내외 의료봉사를 다니는 밑거름이 이때부터 형성되었는지 모른다며 이완주는 환한 미소를 지었다. 그러나 그 미소는 이내 상념으로 번졌다. 새로운 세상을 만났다는 기대감과 자신이 과연 잘해낼 수 있을까 하는 두려움이 교차되던 당시의 복잡한 마음이 파르르 떨리는 두 눈동자에 오롯이 담겨 있는 듯했다. 이완주의 생애 첫 해외 봉사지는 중국 옌볜이었다.

"좌충우돌이었어요. 국내 활동으로 어느 정도 적응했다고 생각했는데 해외를 가니 다시 백지상태가 되었지 뭐예요."

소아과 문을 닫고 여름휴가를 반납하며 떠났던 일주일간의 첫 해외 봉사는 그녀 인생을 변화시킨 귀중한 시간이었다. 그곳에서 자신의 것을 내놓을 줄 아는 자세를 배웠고, 이 좋은 일을 왜 진작 하지 않았는지 자책하는 시간을 가졌다. 외국인 환자들을 바로 곁에서 치료해주면서 이완주는 아픔을 보듬는 삶에 서서히 적응해갔다.

"욕심이 생기더군요. 젊어서부터 시작한 사람들에 비해 늦었으니까 빨리 체득해야 한다, 빨리 배워야 한다, 빨리 내 것으로 만들어야 한다. 정말 그렇게 하고 싶었어요."

첫 해외 의료선교를 다녀온 뒤 이완주는 정승용 목사의 제안으로 교회 사람들 앞에서 의료봉사활동에 관한 보고서를 발표했다. 이를 계기로 한 사람 두 사람씩 의료봉사단에 참여하겠다는 의사가 전해지기 시작했다. 이완주는 완벽한 샘플이었다. 봉사하고 싶은 마음은 굴뚝같아도 방법을 몰랐던 사람들에게 이완주는 친절한 역할 모델이 되어줬다. 이제 차츰 의료봉사단의 내실을 채워가는 본격적인 여정이 시작되었다.

봉사단의 첫 번째 목적지는 인도였다. 매번 봉사단의 합류 인원 중한 명으로 참여하는 데 불과했던 이완주는 단장으로서 선봉에 서서생애 처음으로 의료선교봉사단을 이끌었다. 이완주의 멘토 서명희 선생이 든든한 지원군으로 합류했다.

"의사가 3명, 간호사가 2~3명, 일반 봉사자가 7~8명 정도 되었어요. 이 정도 인원이면 대개 충분하지 않느냐고 이야기들 해요. 하지만 이건 의료봉사를 하기 위한 최소한의 인원이에요. 사실 의료봉사란 의사 혼자 하는 게 아니거든요. 환자가 오면 접수도 해야지, 안내도 해야지……. 의사가 하나면 옆에서 돕는 사람이 네다섯 명은 되어야 해요. 간호사, 접수자, 안내자, 약사, 통역까지 갖춰야 해요. 한마디로 병원이 이동하는 거나 다름없어요."

인원도 인원이지만 필요한 물품을 준비하는 일 또한 만만치 않은 과정이다. 먼저 예산을 정하고 봉사 대상을 정한다. 해외 봉사라면 그곳에서 흔한 질환을 검토해서 어떤 진료에 초점을 맞출지도 결정한다. 각종 약과 의료기구도 필수품이다. 준비하는 약에 대한 전문의 소견서도 필요하다.

무엇보다 중요한 건 봉사자들이 주기적으로 모여서 의견을 조율하는 것이다. 그러나 다들 직업이 있으니 그것마저 쉽지 않았다. 의료봉사는 의술만 있다고 다 되는 것이 아니었다. 이런 과정을 다 배우고 익히느라 초기에 이완주는 고생을 꽤 했다.

주말과 여름휴가를 모조리 반납하고 국내외로 활발하게 의료봉사를 펼친 이완주는 어느덧 경력 3년차의 베테랑이 되어 있었다. 의료봉사를 바라보는 관점은 그만큼 깊어졌고 생각의 저변도 한층 더 넓어졌다. 봉사팀을 꾸리고 조율하는 것도 처음만큼 뒤죽박죽이거나 엉망이지는 않았다.

일이 겨우 손에 익을 때쯤, 그때 이완주의 마음속에 또 다른 의문이 생겨났다. '지금 이 대한민국 땅에서 의료봉사가 가장 필요한 사람들은 누구인가?'라는.

소아과 접고
외국인 노동자 병원 열고

한때 붐이 일었다. 1990년대 말 코리안 드림을 꿈꾸며 돈을 벌기 위해 한국을 찾는 외국인 노동자의 수가 급격히 증가했다. 외국인 노동자들은 대개 보따리장수나 여행자처럼 한국에 왔다가 눌러앉은 경우가 많아 80퍼센트 이상이 불법 체류자 신세를 면치 못했다. 비자 문제를 해결하지 못하니 감기 같은 흔한 질병도 이들에겐 중병이었다. 제대로 치료를 받지 못해 목숨을 잃는 경우도 허다했다. 21세기의 시작과 함께 여기저기에서 장밋빛 미래를 점치고 있었지만 외국인 노동자들은 코리안 드림의 씨앗조차 찾을 수 없었다. 새로운 세기를 맞아도 외국인 노동자에 대한 사회적 대책은 아무것도 마련되지 않은 상황이었다. 당시 외국인 노동자의 80퍼센트 이상은 중국 동포였다.

"주일 오전에 예배 끝나고 중국동포교회에 가서 의료봉사를 하는데 그래 봤자 서너 시간 진료에 불과했어요. 게다가 감기약 주는 거, 찢어진 부위 꿰매는 것 등 간단한 치료만 가능했어요. 맹장 터진 사람도 있고, 상처가 곪아서 터진 상태에서 온 사람도 있고, 병이 오래 진행된 상태에서 온 경우도 있었어요. 간단하게 진단만 해서는 파악하기 어려운 병도 있었고요. 근데 내가 해줄 수 있는 게 하나도 없는 거예요. 난 의사이고 의료봉사를 하고 있는데 말이죠. 당장 해결해야 하는 응급환자들은 친한 선배나 지인에게 부탁해서 종합병원에서 검사를 받도록 조치를 취하기도 했어요. 하지만 그것도 한두 번이지, 다 감당하기엔 역부족이었어요."

중국동포교회에 봉사를 가기 전 그곳의 김해성 목사로부터 외국인 노동자의 현실에 대해 수도 없이 들었던 이완주이지만 말로만 듣던 현실과 눈으로 직접 목격한 현실은 달라도 너무 달랐다. 직접 눈앞에서 목격했으니 피부에 와 닿는 심각함은 차마 말로 표현하기 어려울 정도였다.

"잠깐의 봉사가 필요한 게 아니었어요. 이들을 위한 병원이 필요했어요. 짧은 기간이었지만 봉사하는 동안 연민이 많이 느껴졌나 봐요. 돈 벌겠다고 낯선 땅에 온 것도 불쌍한데 병까지 얻고 어떻게 치료해야 할

지도 모르고 방치만 해두고 있으니, 그걸 누군가는 감당해야 하지 않겠나 싶었어요."

눈으로 보았고 자각까지 한 이상 이대로 있을 수만은 없다고 판단한 이완주는 "외국인 노동자를 위한 무료 병원을 함께 만들어보자"라는 김해성 목사의 제안을 어렵사리 받아들였다. 아니 반드시 받아들여야만 하는 숙제라고 생각했다. 하지만 반드시 필요한 용기는 감쪽같이 자취를 감추고 있었다.

다시금 신입 봉사자 시절로 돌아간 듯, 이완주에게 드리워진 두려움의 무게는 전보다 훨씬 무거웠다. 발을 담갔다면 제대로 이끌어야 한다는 책임의식이 다시금 이완주를 짓눌렀다. 그때 그녀의 나이는 이미 환갑을 앞두고 있었다.

"내가 어렸을 때는 환갑 정도 되면 죽는 나이라고 여겼어요. 한데 그 나이에 새로운 것을 시작한다니⋯⋯. 한동안 믿을 수가 없었어요. 이런 기회가 왔다는 것도, 이런 상황이 생겼다는 것도, 근데 그것이 내가 반드시 해야 할 일이라는 것도요."

외국인 노동자 병원과 소아과를 병행하는 것은 쉽지 않았다. 자신의 것을 내줘야 더 큰 것을 손에 쥘 수 있다는 진리를 이완주는 누구보다 잘 알고 있었다. 결국 20여 년 넘게 운영한 소아과를 접었다. 이완주다운 행동이었다. 대학 공부까지 마친 두 딸은 자립할 나이가 되어 엄마의 앞날을 누구보다 뜨겁게 응원해주었고, 남편은 이완주의 선택에 아낌없는 박수를 보내며 조용한 외조를 약속했다.

2004년 7월 21일, '외국인 노동자 전용 병원장'이라는 직분이 그녀에게 주어졌다. 이완주에게 그해 여름은 유난히도 길었다. 다시는 절대로 돌아가고 싶지 않을 만큼, 한 톨의 후회 없이 열심히 살았던 시간이었다.

세상은
아직 따뜻했다!

어느 일이나 마찬가지겠지만 특히 의료봉사는 돈을 떠나서는 그 시작을 논할 수 없다. 외국인 노동자 무료 병원의 상황은 더욱 심각했다.

"국내에서 하루 의료봉사 가는 데도 비용이 만만치 않게 드는데 병원을, 그것도 무료 병원을 만들려면 한두 푼으로는 불가능했죠. 일단 시작은 했는데 이건 누가 봐도 불가능한 프로젝트였어요."

서울 가리봉동 중국동포교회가 자리한 건물 한 층을 임대해 병원을 열자고 협의한 이완주와 김해성 목사는 우선 병원 설립 취지를 전국에 널리 알리는 게 먼저라고 생각했다. 외국인 노동자를 위한 무료 병원은 이전에도 없었고 그 누구도 만들려고 추진조차 해보지 않았다. 그래서 여러 미디어에서 새로운 뉴스거리를 환영하는 목소리가 높았다. 얼마 지나지 않아 유력 일간지에 이완주의 얼굴이 커다랗게 실리며 외국인 노동자 무료 병원이 기사화됐다. 미디어의 영향력은 꽤 강력했다.

"기사가 나간 이후로 여러 단체나 교회에서 기부와 헌금이 들어오기 시작했어요. 믿을 수 없을 정도로요. 김해성 목사님은 워낙 오래전부터 소외계층을 위해 애썼던 분이라 이런 헌금이나 기부에 어느 정도 내성이 있지만 저는 말로만 듣던 광경을 처음으로 목격하니 어리둥절했어요. 한번은 어떤 분이 김해성 목사님한테 신문을 주고 갔는데 그 안에 5천만 원이 껴 있다는 걸 이틀 뒤에야 발견했어요."

도움의 손길은 금전적인 데서만 그치지 않았다. 의료봉사를 하고 싶다는 의사들의 문의가 빗발쳤다. 개원한 뒤로 혼자 병원을 운영하는 반년 동안 이완주는 결코 혼자가 아니었다.

"외국인 노동자들은 대개 일 끝나고 오후부터 몰려들기 때문에 오전 진료가 필요 없었어요. 주로 낮 1시에 출근해서 혼자 오후 5~6시까지 진료를 하고, 7시부터는 의료봉사를 자원한 의사 선생님들이 와서 각자의 전문 영역에 따라 환자를 봐줬어요. 개인병원이나 종합병원 근무를 끝내고 봉사를 오는 거죠."

자원봉사자들의 도움은 천군만마 같은 힘이 되었다. 특히 이완주의 든든한 지원군을 자처한 이들은 가리봉동 인근에 위치한 고대구로병원 의사들이었다. 외국인 노동자 무료 병원에서 치료하기 힘든 환자들은 고대구로병원에서 대신 맡아주는 경우도 더러 있었다.

"그때 고대구로병원에 김진용 내과 선생님이 계셨는데, 우스갯소리로 '나는 병원 안에 있는 원장, 김진용 선생님은 병원 밖에 있는 원장'이라고 했어요. 그분이 여러 분야의 전문의를 수급해서 필요할 때마다 큰 힘이 되어줬죠. 개원만 하면 저절로 운영이 될 거라는 김해성 목사님 말이 맞았어요. 좋은 뜻 앞에 불가능은 없었어요."

병원장을 하길 참 잘했구나,
잘했어

제대로 된 진료라고는 꿈도 못 꾸는 외국인 노동자들 사이에서 무료로 진료해주고 치료해주는 병원이 생겼다는 소식이 입소문으로 번지면서 병원은 대성황을 이뤘다. 공장에서 일하는 외국인 노동자들이 많다 보니 주로 골절 같은 외과 질환이 많았다. 자원봉사를 하는 의사들이 있다고는 하지만 병원에 재직하는 외과 전문의 한 명 정도는 반드시 필요한 상황이었다.

"겉만 병원이지 사실 환자를 치료해줄 수 있는 시스템이 갖춰져 있지 않았어요. 내과 진료야 내가 어떻게든 보면 되겠지만 외과 전문의 한 명은 고용해야 하지 않겠냐고 목사님을 설득시켜야 했어요. 그런데 선뜻 이 병원에 오겠다고 하는 의사가 없었어요. 외국인 노동자 병원이라고 하면 지레 겁부터 먹는 거예요. 그래서 마지막 대안으로 목사님한테 제안한 게 공중보건의를 데려오자는 거였어요."

공중보건의는 의사가 없는 지역에만 배치되는 것이 규정으로 서울에서 근무할 수 없다. 대개 농촌 지역에 공중보건의가 근무하는 것은 그런 이유 때문이다. 그러나 이완주와 김해성 목사는 생각을 달리했다. 가령 서울이 대도시라고 해서 서울 전 지역이 의료 혜택을 받을 수 있다고 한다면 그건 어불성설이라는 얘기다. 의료 혜택을 놓고 서울과 지방 단 둘로 분리해 보는 시각은 모순적이고 기준도 모호하다는 것이다. 서울과 지방을 떠나 외국인 노동자야말로 사회적으로 가장 낮은 위치에 있는 소외계층으로 보는 것이 평등한 기준이라는 것이다.

"김해성 목사님이 당장 복지부에 가서 따졌어요. 우리 병원에 공중보건의가 근무하도록 대안을 만들어달라고요. 근데 복지부에서 생각해도 우리 주장에 이의를 제기할 수 없거든요."

이듬해 공중보건의 다섯 명이 외국인 노동자 무료 병원에 배치되었다. 내과, 외과, 정형외과, 인턴 두 명으로 의료진이 구성되면서 제법 종합병원 모양새를 갖췄다. 때마침 수술실과 30개의 침상이 갖춰진 입원실도 마련되었다. 병원 문을 연 지 반 년만에 이뤄낸 성과였다. 입소문은 점점 퍼져 환자 수가 기하급수적으로 늘었다. 하루에 평균 150~200명에 달하는 환자가 다녀갔다. 대한민국에 거주하는 60만 명의 외국인 노동자에게 이 병원은 한 줄기 희망이 되기에 충분했다. 그러나 병원 운영은 그만큼 힘에 부치는 게 사실이었다.

"한 계단 오르면 또 한 계단이 기다리잖아요. 수술이나 입원 환자가 늘어나니까 또 돈이 필요해지는 거예요. 약은 대부분 제약회사에서 기부해줘서 돌아갔는데, 그래도 고가의 약은 잘 안 주니까 돈 주고 사야 했고 공중보건의도 적다뿐이지 월급을 줘야 했어요. 간호사도, 엑스레이 기사도, 임상치료사와 물리치료사도, 청소하는 사람들도 다 월급 줘야죠. 그때 직원이 많으면 스무 명 정도 됐어요. 종합병원이 갖춰져서 좋다 싶더니 금세 유지비용이 늘어 골치가 아프더군요."

무료 병원의 살림은 단 한 번도 넉넉한 적이 없었고 늘 빠듯했다. 공중보건의 덕택에 진료로부터 자유로워진 이완주는 병원장으로서의 책임의식에서는 자유롭지 못했다. 그때부터 이완주는 병원에 있는 시간보다 기부금을 받으러 이곳저곳 외출하는 횟수가 잦았다.

"방배동에서 소아과를 20년 넘게 했으니 단골 환자가 꽤 있었어요. 그중에 부자들도 몇 있었죠. 단골 환자 중 어떤 분은 내가 소아과를 관두고 외국인 노동자 무료 병원장으로 있다는 소식을 듣고 선뜻 1억 원을 기부해줬어요. 지금 생각해도 가슴이 두근거려요. 돈의 가치보다는 그 진심이 느껴져서 참 고마운 거예요. 20년 넘게 병원을 운영한 것이 헛것은 아니었구나 싶은 생각에 인생을 다시 되돌아보는 계기가 되었어요. 나를 신뢰했으니 그 큰돈을 줬을 거 아니겠어요. 병원장 하길 참 잘했구나, 정말 잘했구나, 정말 감사한 일이구나 싶었죠."

가슴 깊이 감사함을 느끼는 이완주의 얼굴에 묻어나는 신비한 미소는 삶에 만족했기에 얻을 수 있는, 그 누구도 가질 수 없는 그녀만의 것이었다.

비로소 깨우친
의사와 환자의 관계

외국인 노동자에 대한 사회적 관심이 높아질 무렵 단연 외국인 노동자 무료 병원에 대한 관심도 커졌다. 대부분 놀라움을 금치 못하는 형국이었다. 이완주에 대한 찬사도 쏟아졌다.

"내가 버린 건 딱 하나예요. 소아과 병원 문 닫은 거 그것뿐이에요. 그거 하나 버리고 나는 셀 수도 없이 많은 것을 얻었어요."

이완주는 수년간 의사 생활을 했음에도 불구하고 이 병원을 통해 의사와 환자와의 인간관계를 다시금 생각해볼 수 있었다고 했다.

"개인병원을 했을 때는 환자가 오면 진료시간이 잠깐이면 끝나잖아요. 환자와 나 사이에 인간관계랄 게 없었던 거죠. 그런데 노동자 병원은 하나의 사회잖아요. 이 사회가 참 힘든 사람들이 오는 곳이잖아요. 남의 나라 와서 사장들 눈치 봐가면서 돈 벌고, 게다가 혼자 버텨야 하고, 그러다 보니 여유가 없고 부정적인 인식이 강해요. 거기다 병까지 얻었으니 더 우울하고 불행하고 삶 자체가 팍팍한 거죠. 다친 곳을 치료해주는 것도 좋지만 소통과 이해가 더 중요해요. 그 사람들은 의사가 자신의 입장을 헤아려줬으면 하고 바라는 거예요."

병원을 찾는 외국인 노동자의 대부분은 중국 동포였기에 언어 소통은 어렵지 않았지만 그들의 마음과 처지를 헤아리고 자신의 생각을 그들에게 이해시키는 건 쉬운 일이 아니었다. 서로가 한국말로 대화를 해도 다른 나라 말처럼 느껴졌다.

"지난주에 오랜만에 병원에 갔더니 정형외과 선생님이 '진통제 주사는 절대 놔주지 않습니다. 필요하면 다른 병원으로 가세요'라고 붙여놓은 걸 보고 피식 웃음이 났어요. 이를테면 이런 거예요. 우리나라 사람들 같으면 치료한 뒤에 얼마 동안 쉬라고 하면 쉬고 난 다음에 일하는데, 외국인 노동자들은 그럴 형편이 안 되는 거예요. 그러니 주사 맞으면 한동안 그 영향으로 몸이 안 아프니까 또 일하고 그러면 병이 안 낫고 또 주사 맞고 일하고 이런 악순환이 계속되는 거예요. 처음엔 우리가 설득을 시켜요. 3년 일해서 돈 벌어 고국으로 돌아간다 해도 건강을 잃으면 무슨 소용이 있냐고요. 인생을 3년 안에 끝장낼 거냐고요. 하지만 그 사람들 귀에는 이런 말이 들어올 리가 없어요. 주사 맞고 내일 일하러 가야 하는데 주사 안 놔준다고 소리 지르고 욕하죠. 근데 의사 입장에서는 부작용 나는 게 눈에 뻔히 보이는데 그걸 어떻게 해주겠어요. 그들이 윽박지르면 나도 같이 윽박지르고 막 싸워요. 오죽하면 '주사 안 놓습니다' 이렇게 써 붙였겠어요."

병원장을 하지 않았다면 그들의 심정을 죽을 때까지 이해하지 못했을 것이다. 죽어가는 동안에도 일을 손에서 놓지 않던 한 중국 동포는 이완주에게 또 다른 고민을 안겨주었다.

"어느 날 건물 입구에 사람이 쓰러져 있었어요. 보니까 기운이 하나도 없더라고요. 못 먹어서 그런가 싶어서 영양주사 링거를 놔주고 쉬게 해줬어요. 그래도 혹시 몰라 전체적으로 검사를 했는데, 결과는 간암 말기였어요. 이미 진행이 되어서 척추까지 번졌더라고요. 그 환자가 한국에 7~8년 정도 있었는데 불법체류자로 있으면서 병원에 한 번도 가질 못했어요. 병원 오기 일주일 전까지도 일을 했다고 하니 말 다 한 거죠. 진통제 먹고 버틴 거예요. 그래도 고통이 엄청 심했을 텐데 그걸 어떻게 견뎠는지 정말 이해할 수가 없었어요."

이미 손을 쓸 수 없을 정도로 전이가 많이 된 탓에 이완주는 이왕 저세상으로 갈 사람이니 어서 가족이 있는 중국으로 돌려보내야겠다고 생각했다. 다행히 김해성 목사가 비행기편을 준비해주었고, 그녀가 직접 중국으로 동행할 예정이었다. 그런데 갑자기 환자의 아들이 한국으로 나온다고 했다. 그때만 해도 비자 문제 때문에 중국 동포가 지금처럼 마음대로 한국에 올 수 없었다. 아버지는 죽어가면서도 아들이 3개월간 합법적으로 한국에 나올 수 있는 환경을 만들어주려고 했던 것이다. 자신의 목숨조차 내놓으면서.

"그때 아들 기다리지 말고 빨리 고국으로 돌아가라고 그렇게 채근했는데, 아니나 다를까 비자 수속이 오래 걸려서 환자가 죽은 다음에 아들이 한국에 왔어요. 정말 가슴이 아렸어요. 자기는 이렇게 살다가 죽었는데 그게 뭐가 좋다고 아들한테 대물림을 해주는 건지. 어쩌면 아들도 그렇게 죽을 수 있는 건데 말이에요. 악순환인 거예요."

이완주는 탄식했다. 인간이 이렇게까지 살아야 하나. 안타까운 감정이 섞인 한숨은 연거푸 이어졌다.

"베트남에서 온 외국인 노동자였는데 어느 날 갑자기 오토바이 닦다가 쓰러진 거예요. 병명은 뇌졸중이었어요. 한양대병원에 가서 수술은 했는데 돈이 너무 많이 드니까 중환자실에 입원할 엄두를 못 내고 집에서 대충 지냈다고 해요. 그러다 어찌어찌 우리 병원을 알게 되어서 찾아왔는데 그때 우리 병원이 생긴 지 얼마 안 됐을 때여서 환자가 많지 않았어요. 살아날 가망은 거의 없었어요. 죽어도 베트남에 가서 죽고 싶다고 하더라고요. 중병 환자는 반드시 담당 의사와 동행해야 비행기를 탈 수 있고 비행기 좌석도 환자가 누울 수 있도록 여유분을 구입해야 해요. 다시 이곳저곳 다니며 기부를 받아냈죠. 그 당시 사정이 여의치 못해 저 대신 자원봉사자 선생님이 동행해주셨는데, 베트남 현지에 도착해 마중 나온 가족을 대면했을 때의 안타까운 장면은 말로 표현하기가 참 쉽지 않지요. 어찌 되었든 환자가 죽기 전에 가족을 만나 다행이다 싶으면서도 이 환자가 죽지 않고 살 수 있다면 얼마나 좋을까 하는 아쉬움이 교차하는 거예요."

이후 이완주는 중국과 러시아 등지에 죽어가는 환자를 보내면서 머나먼 곳까지 같이 와준 그녀에게 환대를 보내는 환자의 가족들 앞에서 항상 안타깝고 미안한 감정을 겪어야 했다. 인간은 모두 같은 형태로 태어나고 죽는데 왜 그 과정만큼은 다른 걸까? 이 화두를 놓고 이완주는 오랜 시간 깊이 생각해야 했다. 설사 답을 얻을 수는 없더라도 고민은 해야 했고 행동해야 했다.

이것은
한낱 봉사로 끝나지 않아야 한다

어느덧 외국인 노동자 무료 병원장으로서 5년을 살았다. 이제 어느 정도 할 일은 다 했다고 판단하기에 충분한 시간이었다. 외국인 노동자 비자법 개정을 주장하며 정부를 상대로 100일간 투쟁을 펼친 김해성 목사의 뜻이 노무현 정권 때 받아들여지면서 외국인 노동자에게도 드디어 의료개보험 시대가 열렸다. 외국인 노동자의 현실은 전보다 한층 개선되었다. 실로 발전적인 양상이었다. 병원장을 그만두려는 이완주의 결심에 무게가 실릴 수밖에 없는 소식이었다.

개원 이후 3년이 지나고 나서부터 안정기에 접어든 병원은 1, 2층으로 공간을 확장해 많은 환자를 수용하기에 어려움이 없었고, 이완주

가 떠나고 다른 병원장이 온다 해도 운영을 하기엔 별 무리가 없어 보였다. 60대 중반을 맞은 이완주에게는 현장에서의 활동이 어느 정도 힘에 부치는 것도 사실이었다. 병원에만 매달리며 가족을 돌보지 못했다는 미안함도 떨쳐낼 수 없었다. 무엇보다 의료개보험 시대를 맞이한 외국인 노동자는 더 이상 사회적 소외계층이 아니었다.

"비자법이 바뀌면서 외국인 노동자들은 대한민국 땅에서 3년 동안 일하고 고국으로 돌아갔다가 다시 3년 동안 일할 수 있는 비자를 받을 수 있었어요. 이게 합법화되면서 불법체류자가 많이 줄어들었고 의료보험 가입도 가능해졌죠. 한 달에 5~6만 원 정도의 의료보험비만 내면 외국인 노동자도 내국인처럼 어느 병원에 가든 쉽게 진료를 받을 수 있게 되었어요. 아직까지 무료 병원을 찾는 사람들은 그 의료보험비를 내는 것마저 아까운 사람들인 거예요. 공짜로 치료받을 수 있는데 왜 그 돈을 내야 하느냐는 입장이죠. 하지만 법적으로 보장받게 해줬으니 보험은 들어야 한다고 생각해요. 우리나라에서 정당하게 노동을 해서 정당한 대가를 받고 싶다면 보험 처리도 정당하게 할 필요가 있는 거죠."

2009년 이완주는 병원장 타이틀을 내려놓았다. 아쉬움과 미련은 없었다. 오히려 홀가분했다. 실로 오래간만에 이완주는 다시 혼자가 되었다. 그러고는 이듬해 다시 의료봉사자로서 남은 생애를 모조리 쏟아부을 봉사활동의 밑거름을 다지기 시작했다. 힘을 모은 이완주는 2011년 망고트리선교회를 설립해 의료시설이 닿을 수 없는 전 세계의 소외 지역으로 향했다. 그곳이 이제 이완주가 개척해야 할 땅이 되었다.

"어느 순간부터 해외 의료봉사가 여행처럼 변질되었어요. 봉사라는 건 현지 사람들과 함께 머무르며 나누는 행위예요. 그들이 움막에서 먹고 자면 같이 움막에서 먹고 자는 거죠. 하지만 이젠 해외봉사를 가기 전에 어느 호텔에서 자는지부터 체크하고 만약 시설이 나쁘다 싶으면 이의를 제기하더군요. 또 단체로 가면 대개 20여 명이 함께 이동하는데, 그렇게 되면 정작 도움의 손길이 필요한 곳에는 가질 못하기도 해요."

이완주가 나홀로족을 택하는 이유도 이 때문이다. 인도는 선교나 의료봉사가 불법이다. 20명이 우르르 몰려다니면 힌두교 단체에 들켜 고

발당하기 십상이다. 이완주가 집중하고 싶은 곳은 의료 사각지대 최전 선에 놓인, 열 가구도 채 안 되는 작은 마을이다. 병원에 가려면 버스 를 타고 두세 시간씩 이동해야 하는 사람들이다. 이완주는 그런 사람 들을 대상으로 의료봉사를 한다.

"어찌 보면 봉사도 사업과 같아요. 보완해야 할 점을 찾고 대안을 마 련하다 보면 나도 모르게 일이 점점 커져요. 인도 시골 마을에 갔다 오 면 또 다른 숙제가 생기고 여러 가지 질문이 머릿속에서 맴돌아요. 이 를테면 '백내장으로 몇 달 안에 시력을 잃을 수 있는 환자를 과연 약으 로만 해결할 수 있을까?' 같은 거죠."

10년 전 외국인 노동자 무료 병원을 세우기 전에도 이완주의 머릿속 에서 맴도는 문장은 이와 동일했다. 어쩌면 이완주는 의료봉사가 그 저 한낱 봉사로 끝나지 말아야 한다고 주장하고 있는 것일 게다. 임시 적 응급 처방이 아니라 지속 가능한 삶을 처방해주어야 한다고 말하 는 것일 게다. 결코 쉽지 않은 일이다. 그러나 누구보다 보람차게 제2 의 인생을 사는 이완주라면, 어쩌면 그라면 가능할 거라는 생각이 들 었다.

인터뷰어 | 추효정

장봉도에서 부친 편지에서는
꽃향기가 난다

베풂이란
다른 사람의 삶을 어루만지는 일이다

이 종 수

아침에 눈을 뜬 지 얼마 되지 않았을 무렵 이종수로부터 '딩동' 문자 한 통이 도착했다. '안개로 인해 지금 배가 운항하지 않습니다. 11시 이후부터 다닐지도 모르니 해운 회사에 먼저 문의하고 오십시오.' 친절한 이종수는 해운 회사 연락처를 남기는 것도 잊지 않았다.

부산 사나이 이종수가 인천 장봉도로 거주지를 옮긴 건 6년 전. 육지 사나이가 6년째 섬 주민으로 살고 있으니 일어나자마자 서둘러 오늘의 날씨부터 확인하는 건 필수 행동 지침 중 첫 번째가 되었으리라. 해운 회사에 문의해보니 그의 말마따나 "11시 이후에는 안개가 걷힐 것이고 배도 정상적으로 운항할 것"이라고 했다.

궂은 날씨 때문에 비교적 여유롭게 외출 준비를 마치고 집을 나설 무렵 TV 화면에 믿기지 않는 뉴스 속보가 떴다. '350명 탄 여객선 침

몰중, 진도 부근 해상.' 두 눈을 비비고 읽고 또 읽어봐도 퍼뜩 이해가되지 않았다. 혼란스러운 기분에 휩싸인 채 이종수를 만나기 위해 집을 나선 그날은 끔찍한 세월호 참사가 일어난 날이었다.

장봉도는 인천에서 서쪽으로 21킬로미터, 강화도에서 남쪽으로 6.3킬로미터 떨어진 해상에 위치한 면적 7제곱킬로미터, 해안선 길이 22.5킬로미터의 작은 섬이다. 해안을 따라 멋진 풍경과 함께 걷는 둘레길과숲 속 산책로가 제법 잘 조성되어 있어 특히 등산객의 방문이 잦다. 줄줄이 결항을 한 끝에 오전 11시가 넘어서야 첫 배가 출항해서인지 배안은 알록달록한 등산복을 차려입은 탑승객으로 꽉 들어찼다.

인천 운서동 삼목선착장에서 출발한 배는 40여 분을 달려 장봉선착장에 도착하고 있었다. 그때 실로 반가운 소식이 전해졌다. '진도 부근 침몰 여객선 탑승자 전원 구출.' 이제 모두가 살았다. 사람들은 너나 할 것 없이 함성을 지르고 박수를 쳤다. 천만다행이었다. 배는 장봉선착장에 닻을 내렸고, 이제 육지를 떠나온 우리는 모두 한시름 내려놓고 장봉도에 온 목적을 실행에 옮기면 되었다.

자연히, 꼭 그러해야 할 자리에서
그러하기

배에서 내리는 인파로 어지러운 선착장 입구 주변, 서울에서 온 방문객을 찾느라 두리번거리고 있는 인자한 미소의 이종수를 보는 순간

초면임에도 불구하고 낯익은 듯 반가운 마음이 들었다. 우여곡절이 선사한 해피엔딩의 순간이라 표현할 만했다. 이종수는 정원 일을 하다 말고 바로 달려온 모양이었다. 오른쪽 허리께 차고 있는 정원관리용 공구가 손때 가득 묻어나는 낡은 가죽 케이스에 담겨 걸음을 내딛을 때마다 흔들거렸다. 꽤 오랜 세월 그 자리를 고수한 듯 보였다.

이종수의 일터이자 거주지는 선착장에서 차로 10여 분 거리였다. 정신지체장애인이 모여 거주하는 장봉혜림원은 부지가 3만 4천 평이나 된다는데 입구에는 이곳이 어디인지 알려주는 그 흔한 간판조차 걸려 있지 않았다.

"외지인이 오면 으레 그리 묻지요. 꼭 있어야 할 필요는 없는 법인데 말입니다."

이종수도 외지인이 오면 으레 같은 답변을 늘어놓는다. 공간을 구획 짓기보다 주변 자연환경과 주변 마을과 주민과 하나로 어우러져 있는 모습이 꼭 필요한 법이라는 말도 덧붙여서. 인간과 자연과 사회가 한데 어우러져 최적의 시너지를 발휘하는 세상. 그것이 이종수의 희망이자 이종수가 인생을 살아가는 방식이다.

구내식당에서 점심을 해결하고 장봉혜림원 투어에 나섰다. 6년째 '장봉혜림원 정원지기'를 자처하고 있는 이종수의 손길이 곳곳에 묻어나는 태초의 자연을 만날 차례였다. 이종수가 메인 가이드 역할을, 산책하다 만나는 이종수의 이웃들이 보조 가이드 역할을 자처했다. 정원을 둘러보고, 공방을 방문하고, 마을 주민과 교감을 나누고, 언덕에도 올랐다. 언덕 위에서 내려다본 장봉혜림원의 모습은 부지 전체에 흐드러지게 핀 화사한 봄꽃과 어우러져 더도 덜도 아닌 완벽한 조화를 이루고 있었다. 외지인이라면 으레 또 이런 질문을 던져야 하지 않을까 싶었다. "이렇게 아름다운 장애인 시설이 있을까?"라고. 굳은 편견을 단번에 무너뜨릴 만한 강력한 에너지가 곳곳에서 뿜어져 나오고 있었다.

"정원지기 인생에서 사계절 중 봄은 가장 바쁜 때예요. 해야 할 일이

산더미처럼 쌓여 몸과 마음이 분주하죠. 생선가게 사장이 오히려 질 좋은 생선을 맛볼 기회가 적다고 하죠. 나도 모르는 사이 계절의 변화가 일어나 그새 화사한 열매를 맺고 이리 장관을 연출하고 있네요."

한참을 자연과 마주한 채 서 있었다. 도시에서 온 이에게도 계절의 변화는 놀라웠고, 매일같이 자연과 함께하는 이에게도 계절의 변화는 새로웠다.

의지만으로
될 수 없는 것도 있더라

자연과의 합일을 희구하는 이종수의 인생은 '어린 시절의 흥미가 오롯이 발현한 결과물'이었다. 부산에서 나고 자란 부산 토박이 이종수의 어린 시절은 가난했다.

"그때 그 시절은 대개 그러했으니까. 고등학교 졸업하고 대학 가는 대신 사회생활을 먼저 시작했어요. 그러던 어느 날 빈곤 국가인 우리나라를 어떻게든 변화시켜보자는 생각에서 친구 중에 마음 맞는 놈 몇몇과 의기투합해서 '농촌계몽운동'을 시작한 거예요. 우리가 꿈꾸는 이상형의 농촌공동체를 만들자는 일념 하나로 무대포로 밀고 나갔죠."

이종수의 친구들은 대개 교사, 의사, 법률가이거나, 축산, 농경제, 정치 분야를 공부하는 학생이었고 누군가가 농업 분야를 담당해야 했는데 이는 자연스레 이종수의 몫이 되었다. 1965년 3월, 스물다섯 이

장봉도에서 부친 편지에서는 꽃향기가 난다

종수는 동아대학교 농과대학 원예학과에 입학해 늦깎이 대학생 신분을 얻었고, 그 어느 때보다 뜨거운 학구열을 불태웠다. 그러나 이후 농촌계몽운동은 여러 가지 이유로 실행에 옮겨지지 못했다.

"의지만으로는 될 수 없는 것도 있더라고요. 한 나라를 바꾸겠다는 의지는 비록 현실에서 빛을 보지 못했지만 내 인생만큼은 그 시기에 분명한 빛을 보았어요. 얻은 것이 참 많았어요."

자의 반 타의 반으로 들어간 원예학과였지만 학문에 심취하면 할수록 흥미와 재미는 더욱 높아만 갔다. 농업 분야뿐 아니라 조원학에도 깊이 빠져들면서 원예학을 기반으로 새로운 꿈을 형성해나가는 것이 어렵지 않았다. 대학에서 배운 것을 토대로 직접 자영을 해볼 심산으로 대학을 졸업한 뒤 부산 근교에 땅을 빌려 원예를 시도하기도 했다. 경험 부족과 자금 부족으로 성공을 맛볼 수는 없었지만 분명 값진 삶의 경험이 되어주었다.

"원예학은 직업으로든 배움의 구실로든 계속 붙들고 싶었어요. 내가 직접 땅을 일궈 꽃피울 수 없다면 나의 지식과 경험을 누군가와 나눠야 했어요. 내 관점에서 원예학은 세상이 조화로워지는 가장 쉬운 방법이었으니까."

자신이 가야 할 길과 세상이 필요로 하는 길을 누구보다 잘 알았던 이종수는 지도교수의 추천으로 부산의 한 대학에서 원예 관계 실무를 가르치는 교수직을 맡았다. 어릴 때부터 초등학교 교사가 장래희망이었던 이종수는 물 만난 물고기처럼 그야말로 원예학의 모든 것을 제자들에게 쏟아부을 정도로 열심이었다. 원예학 중에서도 특히 화훼학 분야를, 그중에서도 재배 분야보다는 이용 분야에 큰 관심을 쏟았다. 학문에 깊이 접근하면 할수록 자연은 위대한 삶의 교훈처럼 느껴지기에 충분했다.

"1971년에 교수 생활을 시작했는데 그때가 제3공화국 시기였어요. 정부에선 가난에서 벗어나기 위한 여러 사업 가운데 국토종합개발계획을 수립해 고속도로, 공단, 주거단지 등 거대 규모의 토목 건설 사업을 여러 차례 진행하고 있었죠. 한데 이것들이 하나같이 개발이라는 미명 아래 자연을 파괴하는 사업이었고 이 파괴에 대한 반발로 환경 재앙이 속속 일어나기 시작했어요. 그제야 자연환경을 보호할 대책이 시급해진 거예요. 그때 주목받은 학문이 '조경학'이었어요. 자연과 인간이 함께 영위하는 것에 초점을 맞추게 된 거예요."

도시 개발과 자연환경이 상생할 수 있는 방법을 깨우치는 순간, 원예학에 발을 들인 이종수는 두 번째 수확을 품에 안았다. 이종수가 새로운 환경에 눈을 뜨기 무섭게 시대는 발 빠르게 변화하고 있었다.

"이듬해 청와대에 조경 담당 비서관제가 신설되고 이어서 한국조경학회 창립 소식이 알려졌지요. 그 시기 서울대를 비롯해 전국 여러 대학에서는 조경학과가 신설되기도 했고요. 1980년대 들어 86아시안게임, 88서울올림픽 등 세계적인 대규모 행사를 앞두고 도시새마을운동을 위한 전국토공원화사업이 진행되었어요. 모든 게 일사천리였어요. 사회 분위기에 휩쓸린 까닭인지 각 지방자치단체에서도 도시조경에 힘을 기울이는 경향이 한층 높아졌지요."

시대적 변화 속에서 이종수는 자신이 속한 환경 가꾸기에 점차 가치를 두기 시작했다. 이종수는 고향 부산을 아름답고 살기 좋은 사회로 만드는 한 방법으로 푸른 부산을 가꾸기 위한 여러 정책을 수립하고 정책 자문과 사회운동에도 적극적으로 참여했다. 2002년부터 3년 간은 부산의 환경단체 모임인 푸른부산네트워크 공동대표를 역임하기도 했다. 비록 청년 이종수에게 실패라는 쓴맛을 남긴 '농촌계몽운동'이었지만 원예학에서 시작해 조경학에 이르기까지 이종수에게 새로운 세계를 선사한 '이종수계몽운동'은 단연 성공적이었다.

나는 비록 가난하고
연약할지라도

'이종수계몽운동'의 수확은 한 가지 더 있었다. 살아갈 시간보다 살아온 시간의 무게가 깊어지던 때 이종수는 자신을 필요로 하는 곳에 조금이나마 도움을 줘야겠다고 확신하기에 이르렀다.

"받은 만큼 돌려줘야 했어요. 내가 알고 있는 것, 할 수 있는 것을 반드시 누군가와 공유해야 한다는 사실을 시간의 흐름과 맞물려 자연스레 터득하게 되었지요."

30여 년 넘게 교수 생활을 이어오면서 기회가 생길 때마다 재능 기부며 봉사활동이며 근근이 실천해왔던 이종수였지만 은퇴를 몇 년 앞둔 시점엔 본격적인 행보가 그 어느 때보다 절실하게 다가왔다. 어린 시절 품었던 생각이 강력한 에너지를 뿜으며 수면 위로 떠오른 것도 그 무렵이었다.

"고교 시절 특별활동으로 적십자사에 가입해 활동했어요. 그때 항상 머리와 가슴속에 담아두었던 말이 '나는 가난하고 연약하지만 나보다 더 가난하고 연약한 사람들을 위해 일을 할 것이다'라는 문장이었지요. 한순간 어린 시절로 돌아가고 싶다는 생각이 들더군요."

2005년 2월, 이종수는 정년퇴직을 3년 앞당겨 34년간 몸담았던 교수직에서 명예퇴직으로 물러났다. 이종수의 나이 예순 초반, 어린 이종수의 생각이 그 자신과 마주한 시점이자 시대를 훌쩍 뛰어넘어 그가 어린 시절로 돌아가는 즐거움의 출발 지점이 되는 시기였다. 생각지도 못한 낯선 땅이 이종수를 기다리고 있었다. 그 옛날 농촌계몽운동을 함께했던 친구가 건넨 뜻밖의 제안이 발단이 되었다.

"한국국제기아대책기구에서 봉사단을 모집하는데 한번 도전해보면 어떻겠냐는 거예요. 젊은 시절 사회를 바꿔보겠다고 영차영차 했던 기운을 제대로 실현할 무대가 될 거라면서 말이죠. 한데 그 무대가 중국과 우즈베키스탄이었어요. 둘 중 선택해야 했죠. 예순이 넘도록 부산을 떠나본 적이 없는데 말이에요."

장봉혜림원 내에 위치한 조용하고 소박한 카페로 자리를 옮겼다. 이종수는 우유가 들어간 카페라테를 주문하고 설탕도 조금 넣었다. 거품이 듬뿍 올라간 카페라테는 그 모양 그대로 테이블에 한동안 덩그러니 놓여 있었다. 한두 모금 채 마시지 않는 그였다. 커피의 활약은 이종수의 당황스러운 마음을 잠재워줄 때 비로소 나타났다. 테이블에 놓인 커피잔을 들었다 놨다 입술에 댔다 말았다 하는 동작이 몇 차례 반복

되었다. 부산 땅을 떠나야 했던 것이 이종수에겐 꽤 쉽지 않은 순간이었을 게다.

"운이 좋았어요. 아내가 한번 도전해보자고 강력하게 얘기하지 않았다면 결정이 쉽지 않았을 거예요. 다 아내 덕이지요, 뭐."

10년 가까이 호스피스 봉사활동을 해왔던 이종수의 아내는 어찌 보면 나눔을 실천하는 데 있어선 그보다 선배였다. 더욱이 아내는 봉사활동만으로는 사회적 변화를 이끌어내기가 쉽지 않다는 판단에서 전문가적인 자질을 닦기 위해 2002학번 신입생으로 사회복지학과에 입학해 공부를 시작했을 정도였다.

'그래, 한번 부딪쳐보자'라는 합의를 도출한 부부는 봉사단 모집 신청서를 제출하고 중국과 우즈베키스탄 둘 중 어느 나라가 이들에게 적합할지를 결정하기 위해 한국국제기아대책기구에서 마련한 현지답사 여행을 떠났다.

"우즈베키스탄은 처음 간 거였는데 첫인상이 좋았어요. 뭔가 느낌이 퍼뜩 오더라고요. 수도 타슈켄트에서 60킬로미터 떨어진 쿠무쉬칸이라는 산골 마을을 둘러보는데 당장 농촌계몽운동을 펼쳐야겠다는 생각이 들었어요. 내가 할 일이 있어 보이더라고요. 아내도 그렇고, 우리 둘 다 중국보다는 우즈베키스탄에 확 끌렸죠. 생활환경은 비록 열악했지만 육십 평생 살던 부산을 떠날 만큼의 매력은 있는 곳이었어요."

한국으로 돌아온 부부는 한국국제기아대책기구 봉사단 자격을 갖추기 위한 교육을 받고 봉사자로서의 조건을 충족해나갔다. 봉사단 교육은 3개월 동안 진행됐다. 현지에서 적응하는 데 필요한 전반적인 사항과 봉사자로서 수행할 업무에 대해 중점적으로 배우는 시간이었다. 무엇보다 부부가 우즈베키스탄에서 생활하는 동안 이들을 후원해줄 후원자를 모으는 일이 요구되었다.

"기아대책 소속으로 가지만 그건 그저 소속일 뿐 봉사자들 월급이나 자금 지원 같은 게 전혀 없었어요. 자신의 돈을 들여서 가거나 주변 사람들의 자금 후원을 받아야 하는 구조였어요. 봉사가 그저 순수하게 내가 하고 싶다고 되는 게 아니더군요. 돈이 없거나 후원을 못 받으면 할 수 없는 구조예요. 다만 기아대책 소속이란 게 방패막이 같은 역할을 해줬어요. 현지에서 안전 문제나 행정, 비자 등 어떤 문제가 발생했을 때 기아대책에서 적극 나서서 해결해주니까요."

우즈베키스탄에서 생활할 부부의 한 달 생활비는 백만 원으로 책정되어 있었다. 부부가 후원받을 계좌를 만들면 이를 관리해주는 건 한국국제기아대책기구의 몫이었다. 매달 백만 원이 모아져 후원 계좌에 입금되면 20퍼센트는 기아대책의 행정비로 지출되고 나머지 80퍼센트가 부부에게 생활비로 전해지는 식이었다.

"교회를 다니니까 주변 교인들에게 기도 후원금을 모금할 수는 있었어요. 많이들 그렇게 하더군요. 근데 남에게 손 벌리면서까지 후원금을 받고 싶지는 않았어요. 내가 여유가 없다면 모를까 노후연금 받는 게 있었거든요. 연금에서 백만 원을 모두 충당하려 했는데 기아대책에서 하는 방식을 아예 무시할 수는 없는 노릇이더라고요. 그렇게 해서 연금에서 80만 원을 후원 계좌로 입금시키고, 나머지 20만 원은 교인들이나 친척, 친구들을 통해 후원받기로 했어요. 달리 생각해보니 서로 손을 맞잡는 것도 좋겠다 싶었어요. 한국에서 나를 위해 작은 돈이라도 일정 부분 후원해준다면 우즈베키스탄에 있을 때 내게 동기부여가 되지 않겠나 싶었죠. 후원자 관리는 우리 아들이 맡아줬어요."

2005년 봄, 그때도 장봉혜림원엔 지금처럼 봄꽃이 한창이었을 게다. 이종수의 아내가 사회복지학과 졸업장을 손에 쥐었던 그해에 맞춰 은퇴 시기를 3년 앞당긴 이종수는 드디어 아내 손을 맞잡은 채 설렘과 두려움이 교차하는 우즈베키스탄행 비행기에 몸을 실었다. 오랜 세월 이종수가 꿈꾸던 삶의 모습이 비로소 비행기 착륙과 함께 시작될 예정이었다. 그때 그 당시의 감정을 이종수는 쉽사리 표현하지 못했다. 한참을 생각에 잠긴 이종수는 어렵게 입을 뗐다.

"운이 좋았어요. 운이 좋았어."

불러도 대답 없는
척박한 땅이여

우즈베크어를 익히는 것이 부부에게 주어진 첫 번째 과제였다. 수도 타슈켄트에서 3개월 동안 머무르면서 이종수는 학생 때로 돌아간 듯 그 나라의 언어와 문화, 역사 공부에 열중했다.

"우즈베키스탄은 모든 면에서 우리나라 60~70년대 모습을 그대로 재현하고 있었어요. 과거의 나를 마주한 듯 곱절로 반가웠지요."

공산주의 국가인 우즈베키스탄은 2005년 이종수가 머무를 당시 이

슬람 카리모프 대통령이 4선까지 장기 독재집권을 하면서 모든 권력과 경제력을 장악하고 있었고 정치판에는 부정부패가 만연했다. 경제적인 측면에선 대우자동차 공장이 막강한 힘을 발휘했다. 우즈베키스탄의 경제를 좌지우지할 만큼 강력했고, 덕분에 한국이 친숙한 나라로 인식되어 한국인에 대해선 호의적인 편이었다. 국수주의적인 문화 성향도 자리하고 있었다. 우즈베키스탄은 겉으로 보았을 땐 독실한 무슬림 국가 같지만 실상은 술과 돼지고기를 허용하는 등 정치든 경제든 종교든 그 무엇이든 자신들에게 유리한 쪽으로 이익을 챙기는 형국이었다. 그렇다 보니 이들의 문화에서 봤을 때 기독교는 절대 도움이 되는 종교가 아니었다. 오히려 훼방을 놓는 종교라는 인식이 강했다.

"기독교는 개혁적인 성격이 강해요. 현재보다 나은 방향으로 변화시키고 바꾸려고 하지요. 국민도 그렇지만 기득권층도 변화를 아주 두려워해요. 국수주의 성향이 짙은 공산주의 국가에서 흔히 나타나는 특징이죠. 그곳 국민에게 한국인은 반가울지 몰라도 기독교 단체에서 온 한국인은 그다지 반가운 존재가 아니었어요."

타슈켄트에서 첫 번째 과제를 수행한 부부는 본격적인 활동 무대인 산골 마을 쿠무쉬칸으로 거처를 옮겼다. 타슈켄트에서 60~70킬로미터 떨어진 해발 1,600미터에 자리한 쿠무쉬칸은 도로 사정이 나빠서 가는 데만 2시간 이상 소요되고 세 차례 차를 갈아타야 하는 불편이 따랐다. 도시 타슈켄트에서의 생활과는 180도 다른 산골 마을에서의 생활은 부부에게 적응할 시간을 요구했다.

좁은 집엔 어렵사리 전기만 공급될 뿐이었다. 가스도 없고, 인터넷과 TV는 아예 생각조차 할 수 없고, 전화도 쓸 수 없는 상황이었다. 뜨거운 물이 나오지 않으니 목욕 한 번 하는 것도 쉽지 않았다. 이종수는 평일엔 쿠무쉬칸으로 주말엔 타슈켄트로, 두 집 살림을 했다. 처음 몇 달간은 타슈켄트에 가서 휴식을 취하고 싶은 생각에 주말만 손꼽아 기다렸지만 그것도 그리 오래가지는 않았다.

"처음엔 이것도 없고 저것도 없고 아무래도 부정적인 생각이 앞섰어요. 한데 시간이 약이라고, 어느 정도 적응이 되고 보니 전기라도 있는 게 어찌나 감사하던지요. 역시 인간은 적응의 동물이란 말이 딱 맞아요. 어찌어찌 적응하고 그 안에서 긍정의 기운을 찾아가며 또 어찌어찌 살게 되더군요."

쿠무쉬칸은 겨울이면 영하 20도까지 내려가는 강추위가 시작되는데 난방 기구라곤 고작 전기담요뿐이었다. 강추위 앞에선 긍정의 아이콘 이종수도 무너져 내릴 수밖에 없었다.

"다 늙어서 이게 뭔 사서 고생인가 싶었죠. 그럼에도 불구하고 우리 부부가 해야 할 역할이 쿠무쉬칸에 있었어요."

부부에게 주어진 역할은 다양했다. 시범농장 운영 사업, 농촌후계자 양성 사업, 어린이 교육 지원 사업, 수자원 개발 사업, 생활 개선 사업, 염소·양 분양 사업, 한국 의료단 순회 진료 봉사 연계 사업 등이었다. 이 중에서 이종수는 마을의 젊은 청년들을 상대로 농촌 개발 교육을 하는 것에 중점을 두었고, 그의 아내는 코리안 드림을 꿈꾸는 우즈베키스탄 청년들에게 한글을 가르치는 일에 공을 들였다. 가르치는 것에 천부적 소질을 갖고 있는 이종수로선 꽤 흥미로운 미션임엔 틀림없었다.

　15세부터 20대 초반의 열 명 남짓한 쿠무쉬칸 마을 청년들과 그 주변에 거주하는 청년들이 이종수의 제자가 되었다. 여성의 사회적 역할을 제한하는 국가였기에 제자는 모두 남성들로 채워졌다. 보통의 학교처럼 하루 일정과 수업시간표가 정해져 있고 이에 맞춰 수업을 진행하는 방식이었다. 양봉이나 축산, 목화 등 우즈베키스탄에서 나는 작물 농사는 현지인들이 강사로 나서서 교육을 진행했고, 이종수는 시범농장을 만들어 밭을 갈고 씨를 뿌리는 등 농장 운영의 전 과정을 청년들에게 가르치는 일에 집중했다. 이종수의 넘치는 의욕과 달리 쿠무쉬칸은 산골이라 농사를 짓기엔 여러 가지로 불리한 환경이었다.

　"농사는 5월이면 다 끝났어요. 목축 위주로 했으니까. 산에는 여름이 되어도 비가 내리지 않아 땅이 전부 메마르고 나무가 자라지 않는 환경이었지요. 10월 하순경까지 건조함이 극에 달해요. 타슈켄트는 강에서 물을 끌어와서 운하로 물을 대니까 수도 공급이 잘 이뤄지고 농사짓기도 좋지만 산지는 그렇지 못했어요. 물이 엄청 귀했죠. 여름엔 기온이 40도 이상 올라가는데 비까지 안 오니까 땅이 척박해질 수밖에 없어요. 생활환경도 마찬가지고요."

　불리한 환경이기에 이종수가 반드시 해야 할 책무가 있을 거라 여겼던 애초의 생각과 다짐은 쿠무쉬칸의 현실 앞에서 괴리감을 만들어내고 있었다. 어디서부터 바로잡아야 할지, 과연 그것이 가능한 것인지 이종수 홀로 자문자답하는 시간이 꽤 오래 이어졌다.

당신은
봉사할 자격이 없습니다

메마른 땅, 극도의 건조함, 무더위, 강추위, 편의시설 부재 등 쿠무쉬칸의 생활환경은 해를 넘기면서 이종수에게 더 이상 신경 쓸 것이 못 되었다. 환경에 완벽하게 적응한 그는 모든 것에 무뎌진 채 일상을 즐겼다. 그러던 어느 날 이종수 머릿속에 생각지도 못한 대혼란이 일기 시작했다. 처음엔 별것 아니라고 치부했던 것들이 하나둘 수면 위로 떠오르기 시작했다. 그로서는 말로만 듣고 책으로만 접하던 우즈베키스탄의 문화가 현실로 다가왔다.

"어느 순간 애들을 가르치면서 '빨리빨리'라는 말을 입에 달고 있는 거예요. 나도 몰랐던 대한민국 기질이 나타났지 뭐예요. 게다가 그걸 나도 모르게 애들한테 강조하고 강요하고 있는 거예요."

새마을운동을 겪은 세대인 만큼 부지런하고 적극성 넘치는 민족성에 경제성장의 기반을 두는 건 당연한 결과였다. 그러나 공산주의 국가 국민이 '죽기 살기로 해야 한다'는 대한민국의 투철한 민족성을 알 턱이 없었다. 물론 가르친다고 해서 습득할 수 있는 정신도 결코 아니었다. 교사라는 사명감을 갖고 자신이 가진 모든 것을 온전히 내어주려 한 이종수였지만 그들의 민족성까지 들먹일 수는 없는 문제였다.

"일명 '호제르 문화'라고 하지요. '호제르'가 우즈베크어로 '오늘'인데 '내일을 위해서 오늘을 희생하는 것은 바보'라는 뜻이에요. 수업시간 때마다 내가 애들한테 이렇게 말해요. '오늘 해야 할 일 오늘 다 끝내고 내일은 새로운 거 배우자'고요. 근데 학생들은 항상 '왜 그렇게 해야 합니까?'라고 되물어요. 오늘만 시간이 있는 게 아니고 내일도 있고 그 다음 날도 있다고 항변하지요. 글쎄, 학생들이 나보고 일 중독자 같다고까지 말하더군요."

이를테면 이런 상황이다. 우즈베키스탄 사람들은 열심히 해서 이틀 만에 일을 끝낸다 해도, 쉬엄쉬엄 해서 일주일 만에 일을 끝낸다 해도, 받는 돈은 똑같다. 그런데도 굳이 아옹다옹하며 빨리 일을 끝낼 필요

가 있느냐는 것이다. 이종수 입장에선 하나만 알고 둘은 모르는 것처럼 보였지만 남의 나라 고유의 민족성을 감히 어떻게 바꾸겠는가. 이해하는 수밖에 달리 도리가 없었다.

"한마디로 헝그리 정신이 없어요. 그러니 일에 능률이 오르지 않을 수밖에. 땅, 가스, 전기, 교통비, 교육비 모두 다 배급제니까, 국가에서 다 해결해주니까 자기주도적이지 않아요. 내 것은 내 것이고 네 것도 내 것이라는 주의예요. 냄비 뚜껑만 한 둥그런 빵 하나가 우리나라 돈으로 100원 정도 하는데 그거 하나면 한 끼 식사로는 충분하거든요. 최저생활은 어찌 됐든 유지가 되는 거죠. 그러니 더 나은 삶에 대한 고민 자체가 없는 거예요."

현재도 물론 중요하다. 하지만 현재가 아름답기 위해서는 미래 또한 밝아야 한다는 것이 이종수의 생각이다. 그들이 할 수 없다면 그들을 돕는 사람들이라도 당장 실행에 옮겨야 했다. 우즈베키스탄의 미래를 짊어지고 갈 청년들이 질 좋은 곡식을 대량으로 생산할 수 있는 방식을, 수자원 개발이나 생활 개선 사업의 필요성을 습득할 수 있도록 강조해야 했다. 지금의 빵 하나가 궁여지책에 불과하다는 것을 가난하고 배고픈 시절을 지나온 이종수는 그 누구보다 잘 알고 있었다.

"내 젊은 시절을 많이 돌아보는 시간이었어요. 참 열심히 살았더군요. 그게 민족성 때문일 수도 있고 내 의지에서 비롯된 것일 수도 있지요. 어쩌면 그 사람들 말도 맞아요. 현재가 더 중요하다는 것. 그런데 현재가 중요한 만큼 현재를 열심히 살아야 하지 않겠어요? 그게 꼭 일에 매달려야 한다는 건 아니지만 적어도 때에 따라 내가 해야 할 삶에 대한 책무란 게 있지 않겠어요? 현재를 열심히 살았던 나의 과거가 참고맙게 느껴지더군요. 가난했던 시절엔 대한민국 사람이라면 모두가 그러했겠죠. 참 열심히 살았어요. 다시는 돌아오지 않을 것 같은 '오늘'을 말이지요."

이종수의 간절한 바람이 쿠무쉬칸 청년들에게 변화를 선사했는지 그렇지 않은지는 이종수 자신도 그 누구도 확신할 수 없었다. 단시간 내에 드러날 결과물은 아니었다. 이종수가 그들의 환경에 완벽하게 적응하기 위해 시간이 필요했던 것처럼 그들도 그들을 돕는 사람의 마음을 헤아리려면 어느 정도의 시간이 필요했을 것이다. 부부가 우즈베키스탄에 온 이후로 세 번의 새해를 맞이하고도 반년의 시간을 살았을 즈음 뜻밖의 소식이 들려왔다. 이종수는 우즈베키스탄에서 남은 생애를 보낼 심산으로 타슈켄트에 부부가 거주할 작은 아파트를 구입한 뒤였다.

"우즈베키스탄 정부에서 퇴출 명령이 떨어졌어요. 변호사를 대동하고 법무부에 가서 대체 내가 왜 쫓겨나야 하는지 물었어요. '당신은 봉사할 자격이 없다'라고 하더군요. 나는 한국에서 교수에 박사였고, 농촌 생활에 대해선 해박한 지식을 가지고 있는데 왜 봉사할 자격이 없냐고 되물어도 어느 누구도 명확하게 설명해주는 사람이 없었어요."

종교 문제라고 치부할 수도 없었다. 우즈베키스탄 정부로서는 헌법에 '종교의 자유'가 정해져 있기 때문에 무턱대고 종교를 비난할 수는 없었다. 잘못하다가는 종교 탄압으로 번질 수 있기 때문이다. 뚜렷한 기준은 없지만 이종수로서는 받아들이는 수밖에 달리 방도가 없는 상황이었다.

"젊은이들을 가르치는 게 눈엣가시였을 거예요. 산골 마을이지만 시범농장을 만든 땅이 참 좋았거든요. 그걸 탐내는 현지 사람들이 많았어요. 그때 우즈베키스탄 전 지역에 머무르고 있는 기아대책 봉사단이 우리를 포함해 총 열한 가정이었는데 우리가 두 번째로 쫓겨났어요. 한꺼번엔 쫓아내지는 못하거든요. 일이 커질 수 있으니까. 정부에선 가급적 눈에 띄지 않게 눈엣가시를 제거해버리려고 했죠."

쿠무쉬칸 청년들을 교육시키고 쿠무쉬칸 번영을 위해 맡은 바 최선을 다했던 이종수 부부의 노력은 의외의 상황으로 번지고 있었다. 퇴출 명령이 떨어진 이상 이유야 어찌 됐든 정해진 날짜 안에 우즈베키스탄을 떠나야 했다. 퇴출 명령과 동시에 비자는 동결되었고 당장 비행기표를 구입하라는 명령 또한 떨어진 상태였다.

"보통 비자가 동결되면 경찰들이 나서서 출국까지 일사천리로 진행해요. 경찰이 비행장까지 우리를 데리고 가서 비행기 타는 것까지 완벽하게 확인하거든요. 근데 그때 내가 우리 봉사단 디렉터를 맡고 있었고 여러 가지로 정리할 시간이 필요했어요. 시간을 좀 달라고 부탁해서 겨우 3주를 얻었지요."

새로운 희망을 꿈꾸며 구입한 타슈켄트의 아파트를 3주 안에 처분하는 게 가장 시급했다. 여기저기 소문을 내서 집을 팔아보려 애썼지만 결국 남아 있는 봉사단에게 부탁한 채 우즈베키스탄을 떠나야 했다. 이종수 부부가 우즈베키스탄을 떠나고 난 뒤 얼마 안 가 나머지 봉사단도 하나둘 퇴출을 당했다. 우즈베키스탄 정부로서는 그토록 염원하던 눈엣가시를 모조리 없애는 데 성공한 셈이었다.

"참 억울했어요. 나쁜 짓 하러 간 게 아니잖아요. 좋은 뜻 하나로 그들에게 도움이 되어보겠다고 노력했는데 결과가 이렇게 되었으니 아쉽고 안타깝고, 무엇보다 쿠무쉬칸 청년들에게 미안했어요."

한번 퇴출 명령을 받으면 5년 동안 우즈베키스탄 입국이 금지된다. 관광 목적으로도 방문이 불가하다. 2008년 가을, 소임을 다 마치지 못하고 서둘러 짐을 싸야 했던 부부에게 우즈베키스탄에 대한 아쉬움과 미련은 7년이 넘은 2014년 지금까지도 '현재진행형'이다.

쉬지 않고 달리는
'너와 나를 위한 길'

이야기가 길게 이어지자 차갑게 식은 커피 대신 맑은 공기가 필요해졌다. 카페를 나와 다시금 장봉혜림원을 둘러보며 걷기로 했다. 늦은 오후 시간의 장봉혜림원은 정오 때 모습과는 사뭇 달라 보였다. 그새 자욱한 안개가 하늘을 뒤덮고 저녁은 시작되지도 않았는데 이미 날이 저문 것처럼 어둑어둑했다. 정원 쪽을 향해 활기차게 걷던 이종수의 발걸음이 잠시 멈췄다. 마을회관에서 안내 방송이 들려왔기 때문이다. 안개로 인해 인천에서 오는 배도 장봉도에서 가는 배도 모두 결항되고 있다는 소식이었다.

"그래도 마지막 배는 뜰 겁니다. 섬 밖으로 학교에 간 아이들도 일하러 간 어른들도 집으론 돌아와야 하니까요."

이종수의 목소리는 확신에 차 있었다. 하루에도 여러 번 바뀌는 변덕스런 날씨와 오락가락하는 선박 시간표는 이미 섬사람이 다 된 이종수에게 그다지 특별한 화젯거리가 못 되었다.

이종수가 장봉도에 처음 발을 담근 건 2008년 11월, 우즈베키스탄에서 퇴출 명령을 받고 귀국한 지 2개월 만이었다.

"제2의 인생만큼은 다른 관점이었으면 했어요. '다른 사람을 위해 일하는 것이 바로 나의 일'이라는 관점 말이죠. 우즈베키스탄 생활이 이러한 생각에 더욱 힘을 싣고 더 견고하게 해주었지요. 아내는 아프리카나 다른 나라에 가서 봉사단 역할을 계속 해보자고 채근했지만 생소한 외국어를 배우려니 도통 용기가 나지 않더군요. 그렇다면 말이 통하는 우리나라에서 그 관점을 실행에 옮겨보는 건 어떨까 생각하게 된 거예요."

누군가 옆에서 재촉하는 것도 아닌데 이종수는 우즈베키스탄을 떠나는 날부터 계속 분주한 마음이 들었다. 도착하자마자 주변 친구들과 지인들에게 한국에 돌아왔음을 알리고 즉시 자신의 재능을 필요로 하는 고아원이나 장애인 복지시설이 있다면 추천해달라고 간청하기 시작했다. 그러나 쉽지만은 않았다. 몇 군데 추천을 받았지만 대부분 청소하고 빨래하는 일반적인 봉사활동이라면 모를까 정원지기는 필요 없다는 대답을 들었고, 정원을 가꾸기엔 자금이나 시간 여유가 없다는 식의 반응이 주를 이뤘다. 이후 몇 번의 낙담 끝에 방문한 곳이 장봉혜림원이었다.

"지금은 작고하신 임성만 원장님을 처음 뵈었을 때 그분의 가치관이 마음에 참 와 닿았어요. 장봉혜림원에 살고 있는 구성원들의 자존감을 높이고 외부인들에게 장애인 시설이 혐오 시설이 아니라는 것을 알리기 위해 원내 환경을 아름답게 가꾸고 싶다고 말씀하셨지요. 장애인과 비장애인이 공평하게 차별받지 않는 공동체를 만들고 싶지만 같이 일할 사람을 구하기 어렵다는 이야기를 들으면서 공감대가 형성되었어요. 이곳에서 당장 내 재능을 써야 하겠구나 싶었지요. 망설일 이유가 없었어요."

장봉혜림원에서 함께 살며 아름다운 자연환경을 가꿔달라는 임성만 원장의 제안을 받아들인 이종수는 부산에서 장봉도로 거처를 옮겼다. 열렬한 지지를 보내는 이종수의 아내는 여전히 그의 곁을 든든히 지켜주었다.

"처음 이곳을 둘러보았을 땐 무임승차하는 기분이었지요. 이미 개원한 지 21년이 되었고 임성만 원장님의 혜안으로 전체 골격이 제법 잘 갖추어져 있었으니까요. 단 한 가지, 3만 4천 평이라는 넓은 부지가 정원지기 입장에선 장점이자 단점으로 다가왔어요. 도전할 만한 규모였지만 이를 실행할 능력과 자금이 문제였어요."

건물 24개 동, 상주하는 이용자(장봉혜림원에선 장애인이라고 하지 않고 이용자라고 부른다) 100여 명, 직원 60여 명, 거기에 드나드는 방문객이 연간 8천여 명이었다. 장애인 시설 중에선 대기업 못지않은 규모였다. 이렇게 넓고 할 일이 많은데도 장봉혜림원엔 외부 공간을 관리하는 부서나 담당 직원이 단 한 명도 없었다. 이를 위한 예산도 책정되어 있지 않았다. 이종수는 한동안 스스로 이 난관을 헤쳐나가야 했다. 별다른 방도가 없었다. 가장 큰 어려움은 실무자들의 노골적인 반대 의사였다.

"당시 원장님은 장애인 시설 협회장을 맡고 있었어요. 대부분의 시간을 협회 활동에 할애하다 보니 장봉혜림원 운영은 실무자 위주로 돌아갔지요. 원장님이 실무자들을 불러서 내가 맡을 역할에 대해 전달은 했겠지만 막상 실무자들 입장에선 나를 챙겨줘야 하는 업무가 하나 더 늘었으니 달갑지 않은 분위기였지요. 충분히 이해할 수 있지만, 어쨌든 이왕 시작한 거 나도 내 몫을 해야 하니까 이들의 도움이 꼭 필요했어요."

이종수가 정원지기로서 해야 할 역할은 크게 두 가지였다. 장봉혜림원 부지를 이용하여 생태적인 안정성과 시각적인 아름다움까지 담는 원내 공원화 사업이 첫 번째 과제였고, 이용자들의 직업 재활 프로그램에 원예 활동을 도입하여 미래 자립을 위해 원예 기술을 익히도록 하는 것이 두 번째 과제였다.

"3년만 전력투구한다면 이용자들의 삶의 질을 높이고 지속 가능한 개발의 토대를 마련할 수 있을 거라 판단했어요. 실무자들의 부정적인 시각을 어떻게든 바꿔야 했기에 스태프 회의에 참석해 내 뜻을 확고히 전달했죠. 돈을 요구하지도 않고 같이 하자고 요구하지도 않겠다고요. 다만 스스로 해야 하니 단기간 내에 결과물이 나올 수 없고 장기적인 관점에서 내 역할을 평가해달라고 동의를 구했어요. 그때부터 이 넓은 땅에서 나홀로 고군분투가 시작된 거예요."

이종수는 먼저 우즈베키스탄 생활을 후원해준 사람들에게 양해를 구하고 후원금의 일부를 정원 관리에 사용했다. 하나 결과는 달걀로 바위 치기일 뿐이었다. 이종수의 열성에 불을 지펴줄 자금 마련이 시급해 보였다.

"제안서를 쓰기 시작했어요. 때마침 2009년 사회복지공동모금회에서 장애인 직업 재활을 위한 사업 펀드를 진행하고 있었어요. 운이 좋게도 제안서가 채택돼 6천만 원이란 돈을 손에 쥘 수 있었지요."

두드려라, 그러면 열릴 것이라 하지 않았던가. 이듬해 이종수는 녹색사업단에서 실시하는 녹색복지공간조성사업 펀드에도 도전장을 내밀었고 1억 4천만 원의 후원자금을 마련했다. 이로써 원내 공원화 사업의 뼈대를 이룰 수 있게 된 것이다. 장봉혜림원 입구 주변의 황무지 700평이 전용 원예 활동 공간인 '꽃누리원'으로 변모한 것도 이 후원자금 덕분이었다.

"사업 시공 주최자는 옹진군청이었어요. 군청 담당 직원이 조경시공업체를 선정해 우리 쪽으로 보내서 사업 시공이 이뤄지도록 하는 구조였지요. 그때 시공 과정에서 문제가 생긴 거예요. 제안과 계획 수립은 내가 했는데도 조경시공업자는 나의 의견이나 원의 요구 사항은 도외시하고 옹진군청하고만 협의하면서 기계적이고 사업적으로 일을 진행하려 했어요. 현장의 특성이나 재료의 규격, 품질은 물론 시공이나 식재 방법에서 잘못된 부분이 많이 발생했는데도 말이지요. 가만히 보고만 있을 수는 없어 조목조목 내 의견을 제시했고 어느 정도 바로잡을 수 있었어요."

전문용어를 내세우며 세세하게 의견을 개진하는 이종수의 적극적인 태도와 행동은 장봉혜림원 실무자들의 시각을 긍정적인 방향으로 변화시키는 계기가 되어주었다. 애당초 이종수가 예상한 시나리오대로 흘러가고 있는 셈이었다. 3년을 채우고 나니 황무지였던 땅이 정원으로 바뀌고, 이용자들을 위한 원예 활동 프로그램은 중요한 힐링 도구로 인식되었으며, 꽃누리원에서 휴식을 취하는 이용자와 직원, 동네 주민, 방문객의 수는 점차 늘어났다. 어느 정도 안정권에 접어들면서 이종수는 원내 부지를 생산녹지 공간과 생활 공간, 보존 공간으로 구별하고 이를 연결하는 이용녹지를 조성하면서 생태적 안정성을 유지하는 데 주안점을 두었다. 안정권에 접어들었지만 오전 9시에 시작해 오후 5시에 일을 끝마치는 규칙적인 생활 패턴은 계속 이어졌다. 장봉혜림원을 벤치마킹하려는 여러 장애인 시설에서 이종수에게 재능 기부 강연 요청을 해왔다. 이는 장봉혜림원 정원지기로서 이종수에게 주어진 새로운 임무 중 하나가 되었다. 이종수의 말마따나 이용자들의 삶의 질이 높아진 건 자명한 사실이었다.

"스물다섯에 대학에 들어갔으니 50년 가까이 한 분야만 파고 있는 셈인데 이따금씩 사람들은 묻지요. 지겹지 않느냐고, 새로운 거 하고 싶지 않느냐고 말이죠. 오랜 시간 공부했어도 환경이 바뀌면 머릿속이 백지장이 되는 게 조경 분야예요. 이곳만 봐도 부산과는 전혀 다른 환경이거든요. 꽃이 피고 지는 시기나 월동하는 식물 종류가 지역에 따라 제각각이에요. 부산에서 남부 지역 환경만 연구하다가 여기 중부 지역에 오니 머릿속이 백지장이 되었어요. 하지만 새로운 사실을 알아간다는 건 나이를 떠나서 언제나 흥미로운 일이지요."

꽃누리원 한가운데에 난 쓸모없는 풀을 뽑은 이종수는 "식물은 주인의 발자국 소리를 듣고 자란다"고 속삭였다. 이제는 부산만큼이나 인천의 생태적 환경에 대해서도 어느 정도 이해하게 된 이종수지만 맨 처음 그는 멋모르고 자신이 좋아하는 꽃을 심었다가 낭패를 보기도 했고 햇빛이 비치는 땅과 그늘진 땅을 구별하지 못해 일어난 불상사도 여러 번 겪었다. 스물다섯 청년 이종수도 일흔둘 노년 이종수도 꽃을 대하는 방법은 단 한 가지, 지속적인 관심과 애정을 쏟는 것뿐이다.

꽃누리원에서 이종수가 거주하고 있는 공간을 둘러보기 위해 집으로 향하는 도중 안내 방송이 여러 차례 들려왔다. 배는 여전히 뜨지 않는 상황이었다. 장봉혜림원을 이리저리 휘저으며 몇 시간째 대화를 나눈 탓에 이종수는 집에 도착하자마자 TV 전원부터 켰다. 오전 시간 마지막으로 들렸던 '전원 구출'이란 뉴스 속보는 온데간데없이 사라지고 진도 팽목항의 사태는 최악의 상황을 낳고 있었다. 이 상황을 대체 어찌하오리까.

<h2 style="text-align:center">나눔 앞에선
조건보다 의지가 먼저다</h2>

이종수의 정원지기 생활도 이제 6년째가 되었다. 하지만 교수로 불렸던 34년의 시간보다 정원지기로 불린 6년의 시간이 곱절로 행복하단다.

"인터뷰 요청이 왔을 때, 처음엔 거절하려 했어요. 오른손이 한 일을 왼손이 모르게 해야 한다는 말이 있잖아요. 근데 어느 순간부터인가 소극적으로 할 것이 아니라 내가 느끼는 행복을 알릴 필요가 있겠다 싶더군요. 대개의 사람들이 아는데도 실천하지 않는 것보다 몰라서 못하는 경향이 더 큰 법이니까요."

이종수는 고등학교 동창회보에 '장봉도에서 보낸 편지'라는 칼럼을 쓴다. 장봉도에서의 생활을 동창들에게 알리고 함께 동참해줄 것을 권유하기 위해서다. 그가 친구들에게 강조하는 건 단 하나다. 봉사란 남과 어울려 사는 삶이라는 것, 특히 자신보다 조금 어려운 사람과 어울리는 삶이라는 것 말이다.

"나이가 드니 바깥일 하다 보면 이젠 힘에 부칠 때도 많죠. 아무래도 조경일이라는 게 손이 많이 가는 작업이니까요. 인간인지라 힘들면 안 힘들게 하는 꾀를 내게 되더군요. 조금은 손쉬운 식물 위주로 작업을 한다거나 봉사자 신청을 더 많이 받는다거나 말이죠. 하고 싶은 마음만 있다면 우선 시도부터 하고 그 안에서 방법을 찾아나가면 돼요. 시도조차 못하고 그저 바깥에서만 맴돌기엔 우리에게 남은 시간이 별로 없잖아요."

의사소통에 한계를 느껴 국내로 활동 영역을 택한 이종수지만 장봉혜림원에서의 의사소통 또한 만만치 않은 분위기였다. 지적장애를 앓고 있는 이용자들은 자신의 의사표시를 하는 데 어려움을 겪기 때문에 이들을 가르치는 이종수로서는 자기 꾀에 자기가 넘어갔음을 인정해야 했다. 이용자들이 원예 활동에 익숙해질 때까지 반복학습을 시도하며 소통의 어려움을 극복한 이종수는 조건의 차이가 아닌 의지의 차이가 중요하다는 것을 새삼 깨달을 수 있었다.

이종수는 장봉혜림원에서 자신을 필요로 하지 않을 때까지 정원지기 역할을 계속할 생각이다. 그 시기가 언제일지는 아무도 알 수 없다. 다만 여기서 끝이 아니기를 바라는 이종수는 새로운 꿈을 꾸는 것도 잊지 않는다.

"맹자 어머니처럼 세 번은 옮겨야 하지 않을까요? 나의 재능 나눔을 위해 낯선 땅 우즈베키스탄에 갔고, 인천 장봉도에 왔고 그리고 세 번째 행선지는 오직 하늘의 뜻에 맡겨야겠지요."

인터뷰를 마치고 마지막 배를 타기 위해 선착장으로 갔지만 끝내 배는 뜨지 않았다. 이종수의 확신에 찬 목소리는 끔찍한 참사 앞에선 무용지물이 되었다. 해경에선 짙은 안개 때문이라고 했지만 오늘 당장 인천으로 가지 않으면 안 되는 화물차 운전기사들은 쉬이 납득하지 못하고 한참 실랑이를 벌였다. 어쩔 수 없이 이종수가 내준 게스트 룸에서 하룻밤을 보내고 다음 날 아침 다시 선착장을 찾았다. 9시 이후부터 첫 배가 운항될 것이란 마을회관의 안내 방송을 듣고 급히 발걸음을 옮긴 차였다. 10시가 가까울 무렵 길게 줄지어선 탑승객이 하나둘 승선했고, 그렇게 첫 배의 닻은 올라갔다. 장봉선착장의 전경이 시야에서 멀어질 즈음 이종수의 마지막 인사가 머릿속을 맴돌았다. "오늘은 저희 모두에게 잊지 못할 인터뷰가 되었습니다." 그래, 그날의 그 순간은 우리 모두에게 잊지 못할 기억을 남겼고 절대 잊지 않겠다는 다짐을 세워야 했다. 반드시.

인터뷰어 | 추효정

좋은 나뭇잎이
찢어진 나뭇잎을 감싼다

/ 네 번째

한 자루의 촛불로 여러 자루의 초에 불을 붙여도

처음의 촛불은 결코 약해지지 않는다

●

백

룽

민

어릴 적 동네 어귀에는 아름드리 느티나무가 한 그루 서 있었다. 사람 사는 곳이 어디든 그렇듯, 느티나무 아래로 사람들이 하나둘 모여들면 금세 따뜻한 이야기꽃이 피어났다. 커다랗고 풍성하게 자란 오래된 느티나무는 넉넉한 그 모습처럼 푸근한 인심을 베풀 줄 알았다. 넓은 느티나무가 두른 것은 시간이었다. 우리의 부모님이 자라고, 부모님의 부모님이 자라고, 우리가 자라고, 우리의 자식이 자라는 동안 겹겹이 쌓이고 쌓인 세월의 무게가 느티나무 그늘 아래 오롯이 쌓여 있었다.

　그러나 그 세월을 견디는 것은 인간에게도 나무에게도, 항상 평화롭지만은 않은 과정이다. 나무가 자라기 위해서는 씨앗과 땅과 시련이 필요하다. 세상 모든 씨앗이 늘 좋은 생식 조건을 갖춘 자리에만 떨어지는 것은 아니며, 기름진 땅에 떨어졌던 씨앗이라고 해서 모두 멋진 나무로 자라나는 것도 아니다. 수많은 씨앗 중에서 모진 비바람과 엄혹한 가뭄을 견디며 부지런히 가지를 뻗어낸 알맹이만이 마침내 커다란 느티나무로 자라난다. 그리고 마침내 인고의 세월을 견딘 것들에서만 느껴질 수 있는 숭고함이 자리를 잡는다. 세상의 숭고한 것은 모두 아름답다. 어쩌면 내가 백롱민을 만나고 어릴 적 느티나무를 떠올린 것은 그에게서 그런 아름다움을 느꼈기 때문이리라.

일에도 관성의 법칙이
적용되더라고요

분당서울대병원 성형외과 교수 백롱민은 베트남, 몽골 등지에서는 '한국의 슈바이처'로 불린다. 지난 1996년 이후 백롱민은 이들 국가의 아이들이 겪고 있는 선천성 구순열(입술이 갈라지는 병)이나 구개열(입천장이 갈라지는 병) 등의 수술을 무료로 해주고 있다. 그러나 백롱민은 그런 세간의 칭호가 겸연쩍은 듯 손사래를 치며 말문을 열었다.

"나이도 어린 제가 벌써부터 무슨 살아온 이야기를 할 수 있겠습니까? 지금은 그저 늘 하는 일에만 완전히 매몰되어 있습니다. 제가 병원에서 하는 일은 크게 환자 진료와 의학 연구, 전공의와 학생 교육으로 구분할 수 있지요. 이 세 가지 일을 어느 한쪽에 치우치지 않게 수행해나가는 것만으로도 늘 긴장을 늦추기 어려워요. 그 사이사이에 간

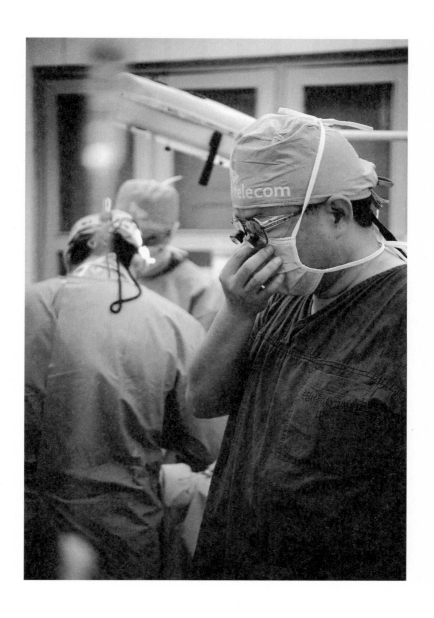

좋은 나뭇잎이 찢어진 나뭇잎을 감싼다

신히 시간을 쪼개 의료봉사를 나갔다 오기 때문에 다른 것들은 생각
해볼 여력이 없어요. 오로지 일밖에 모르는 거지요. 일의 양도 관성의
법칙이 작용하는 분야 같아요. 일이 많아지면 처음엔 벅차서 쩔쩔매지
만 오래 견디다 보면 감당할 수 있는 양이 점점 더 늘어나요. 익숙해지
면 또 그런대로 괜찮아지거든요. 그런 식으로 알게 모르게 일이 조금
씩 늘어났던 것 같습니다."

지난 5년간 백롱민은 분당서울대병원 부원장직을 맡았다. 거의 새벽
부터 밤까지 스케줄이 꽉 차 있었다. 임기만 끝나면 그래도 좀 나아지
겠거니 기대를 하고 있었는데, 그만두고 나서도 별반 달라지지 않았다.
한두 달 지나고 나니 어느새 다른 약속이 그 빈 시간을 다 메웠다.

"이제는 제 건강을 위해서라도 저녁 운동 시간은 꼭 만들어보려고
애를 쓰는데 그조차 쉽지가 않아요. 저뿐만 아니라 우리 시대 대부분
의 남자들이 그랬던 것 같아요. 부모님들이 전쟁이라는 난리를 겪고
살아나가려니 다른 건 아무것도 신경 못 쓰고 오로지 일만 하셨잖아
요. 즐기고 노는 것은 보지도 못했고 배워본 적도 없어요. 그러다 보니
우리도 일에만 매진하고, 그 일 속에서 보람도 찾고 즐거움도 느꼈던
것 같습니다."

백롱민은 의학계에서 구순구개열 수술 분야의 권위자로 잘 알려져
있다. 구순구개열은 입술, 입천장, 코 등의 기형을 동반하는 것이다.
최근에는 출산율 감소로 줄어드는 추세이지만 아직도 가장 흔한 선천
성 얼굴 기형 중 하나다. 속칭 '언청이'라 불리는 구순열은 태내에서 입
술이 제대로 붙지 않아 생기고, 구개열은 입천장이 제대로 붙지 않아

서 생긴다. 이런 경우 간단한 수술로 개선할 수 있지만 베트남, 몽골 등지에선 적당한 치료 시기를 놓쳐 20세까지도 고통받는 사람이 많다. 이런 병이 있으면 발음도 부정확해지고 미관상으로도 좋지 않아 사회생활에 어려움이 많을 수밖에 없다.

"한국은 이제 경제적으로 크게 성장해서 이런 병은 아이가 태어난 지 3개월에서 1년 사이에 모두 치료할 수 있어요. 하지만 몽골이나 베트남 같은 개도국에서는 아직도 어린 나이에 수술할 기회를 놓치고 힘들게 사는 사람이 많습니다."

올해로 18년째 베트남으로 건너가 얼굴 기형 어린이들을 수술해주고 있는 백롱민. 그에게 아직 꿈이나 휴식, 행복이나 힐링 같은 단어는 다른 세상에서 들려오는 언어인 듯 아득하기만 하다. 그저 "좋은 나뭇잎이 찢어진 나뭇잎을 감싼다"라는 베트남 속담을 몸으로 보여주면서 한창 일 속에 파묻혀 있는 중이다.

어찌나 감사하고
좋던지요

2014년 6월, 베트남의 수도 하노이에서 120킬로미터 떨어진 티엔호아 아동병원. 35도가 훌쩍 넘어가는 후텁지근한 날씨였지만, 무더운 날씨에는 아랑곳없이 대한민국에서 공수된 각종 의료장비와 의약품으로 특별 수술실과 병상이 일사불란하게 설치되었다. 얼굴 기형으로 고생하는 환자들에게 '세상에서 가장 아름다운 미소'를 선물하겠다는 일념으로 휴가를 내서 비행기를 타고 날아오는 세민얼굴기형돕기회(www.smileforchildren.or.kr, 이하 세민회)와 분당서울대병원 의료진을 맞이하기 위해서다.

한국에서 온 의료진이 무료로 수술을 해준다는 소식이 퍼지자 선천성 구순구개열 증상을 가진 어린이들이 먼 거리를 마다하고 가족과 함께 찾아들었다. 선풍기도 없는 병원 복도에 앉아 하염없이 자기 순서를 기다리면서도 아이들은 조심스럽게 희망을 품는다. 태어나서 한 번도 마음 편히 웃어볼 수 없었던 아이들이었다. 남과 비슷한 보통 사람의 얼굴이 될 수 있다는 기대만으로도 설레고, 혹시 그런 희망이 허황된 꿈으로 끝나 버릴까 봐 초조하기도 한……. 그런 아이들에게 메스를 들고 찾아온 성형외과 의사 백롱민은 곧 하나님이자 천사였다.

세민회는 원래 우리나라 성형외과의 전설 백세민 박사가 주축이 되어 선천적 얼굴 기형 어린이들에게 무료로 수술을 해주기 위해 출발했다. 처음에는 국내 환자를 대상으로 봉사를 했지만 이후 우리도 늘 우리만 보지 말고 우리보다 더 어려운 사람과 더 어려운 나라를 돕자는 취지로 주변을 돌아보기 시작했다.

그러던 중 주한 베트남 대사와 연결이 되었고, 또 그 대사가 적극적으로 돕겠다고 나섰다. 그러면서 소개받은 베트남 의무사령부 관계자가 베트남 현지에서 수술 활동이 이루어지도록 편의를 제공해주었다. 그렇게 해서 1996년부터 베트남 의료봉사를 시작해 그동안 3,000명이 넘는 얼굴 기형 환자에게 새로운 삶과 희망의 미소를 선물했다. 이제

는 몽골, 우즈베키스탄, 인도네시아, 미얀마로 활동 범위를 넓히는 중
이다. 해외 봉사에 드는 비용은 기본적으로 회원들이 낸 회비를 모아
서 충당한다.

　얼굴 기형은 크게 선천성 기형과 후천성 기형으로 나뉜다. 우리나라
의 경우 선천성 기형 발생률은 신생아 400명 가운데 한 명꼴이다. 후
천성 기형에 대한 정확한 통계는 없다. 그러나 상당히 많은 숫자가 기

형이라는 점은 의심의 여지가 없다. 기형의 종류도 다양하다. 입술이
갈라지거나 입천장이 갈라지는 경우, 귀가 없다든가 비대칭인 경우, 코
가 이상한 경우, 주걱턱이나 왜소한 턱 등이 있다.

　지금까지 백롱민이 세민회를 통해 수술해준 베트남 아이들 중 특별한 감동으로 보답해준 친구들도 많다. 그중 화상 치료를 해주었던 아이가 가장 기억에 남는다.

"10대 후반이었는데, 얼굴이며 몸통, 손에 전부 화상을 입었죠. 수술도 한 번에 다 하지 못하고 대여섯 번 나누어서 진행했어요. 처음에는 뭐라고 할까, 보지도 못할 만큼 흉했죠. 목과 몸이 붙어서 움직이지도 못했어요. 그런데 나중에 치료를 받고 나서 저를 찾아왔죠. 집에서 농사지은 걸 가지고 와서 선물로 주더라고요. 그러면서 그러더라고요. 이제 마을 대장간에서 일하고 있고, 여자 친구가 생겨서 곧 결혼도 할 생각이라고요. 그 말을 들으니 어찌나 감사하고 좋던지요. 그런 환자가 여러 명 있었어요. 의사로서 가장 보람을 느끼는 순간이었죠."

생각보다 많은 사람이 선천적인 기형을 가지고 태어난다. 물론 사고를 당하거나 병에 걸려 후천적으로 얼굴이 일그러지는 경우도 있다. 어쨌든 사람이라면 평생 남 앞에 얼굴을 내놓고 다녀야 한다. 그러니 얼굴이 조금만 이상해도 타인의 시선을 받거나 놀림감이 되기 일쑤이다. 그럴 때 환자 본인이 받는 스트레스는 상상을 초월한다. 아예 사회생활을 포기하거나 평생을 골방에 숨어서 지내는 사람도 많다. 그런 경우에 환자 가족들도 같이 고통을 받고 죄책감에 시달리면서 살아간다.

그런 이유로 한 아이에게 웃음을 찾아주는 일은 아이의 인생뿐 아니라 가족 모두를 불행의 수렁에서 건져 올리는 일이다. 환자가 수술 붕대를 풀고 거울을 보면서 밝은 미소를 지을 때면 가족이 모두들 안도감에 얼싸안고 기쁨의 눈물을 흘리기도 한다. 살인적인 수술 스케줄 때문에 다시는 오지 못할 것 같다고 고개를 젓던 봉사팀도 수술이 성공적으로 끝나 아이와 가족이 감격하는 모습을 지켜보면 어느새 그런 마음이 스르르 녹는다.

"아이와 부모가 기뻐하는 모습이 그간의 어려움을 잊게 해주고 의사로서의 열정을 다시 불어넣어주지요. 대부분 자기 병원을 잠시 접어두고 오거나, 직장에서 겨우 휴가를 받아 오는 처지지만 이 감동과 보람을 느끼는 짜릿한 순간 때문에 더 열심히 살아가는 힘을 얻게 된다고들 해요. 그래서 다시 자원 신청서를 넣게 되는 거지요."

물론 수술은 극도의 정밀함이 요구되는 과정이다. 매번 의료진이 수술실에 들어서는 순간에는 팽팽한 긴장감이 감돈다. 수술실에서의 팀워크란 서로의 실수를 감싸주고 마음을 다독여주는 것을 의미하는 것이 아니다. 완벽한 팀워크는 최고의 성형수술팀으로서 최상의 시스템 안에서 자신의 역할을 120퍼센트까지 오차 없이 해내는 것이다. 백롱민은 수술에 앞서 언제나 의료진 전원이 하나의 팀이라는 걸 잊지 말라고 강조한다.

"누구의 고유 업무인지, 책임인지가 중요한 게 아니죠. 매 순간 완벽한 수술이라는 공동의 목표 앞에서 모두가 혼신의 힘을 쏟아 협업을 해야 최대의 결과를 이룰 수 있으니까요. 리더는 그런 상태를 유지할 수 있도록 신경을 쓰는 자리인 것 같아요. 그래서 밖에서는 언제나 사람들의 요구와 불만을 주의 깊게 들으려고 애쓰는 편이죠. 완벽한 수술 팀워크를 위해서는 조직이나 시스템에서 불거진 불만이나 문제점을 최소화해야 할 테니까요."

좋은 나뭇잎이 찢어진 나뭇잎을 감싼다

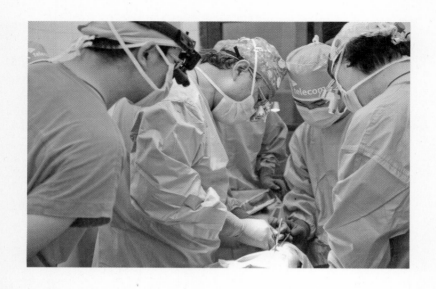

　처음 베트남에서 봉사활동을 시작할 때는 생각지도 못한 장애가 많았다. 해외 봉사의 어려움은 말할 나위가 없었다. 지금은 그렇지 않지만, 일단 같이 가서 일할 자원봉사자를 구하는 게 쉽지가 않았다. 맞지 않는 음식과 불편한 숙소 때문에 고생한 적도 많았다. 교통편 등 여러 가지 열악한 환경도 문제였지만 무엇보다 환자를 찾는 데도 어려움이 많았다. 얼굴 기형을 가진 환자들 대부분이 바깥으로 나오지 않고 집 안에 숨어 있기 때문이었다. 환자의 집을 수소문해서 찾아가는 경우도 많았다.

현지 반응도 좋지 않았다. 당시에는 유럽 국가나 미국 등에서도 해외 원정을 와서 비슷한 활동을 하고 있었는데, 현지인들은 이들을 별로 신뢰하지 않았다. 한국 의료진도 그러려니 하는 선입견이 작용했다. 하지만 그에 아랑곳하지 않고 백롱민은 매 수술마다 정성을 다했다. 시간이 지나자 베트남 사람들도 마음을 열기 시작했다.

"처음 200명의 어린이들을 수술하고 한국으로 돌아오려고 할 때 베트남 사람들이 다음에도 꼭 와달라고 간절하게 바라더군요. 그러다 보니 오늘까지 계속 인연을 맺게 됐어요."

베트남에서의 의료봉사는 하노이에서 처음 시작되었고, 50개 지방자치단체를 돌면서 계속되었다. 물론 초기에는 지금처럼 협조가 원활히 이루어지지 않았다. 인터넷도 발달하지 않았던 때라 양국 간 의사소통을 위해 50여 통 이상의 팩스를 주고받으며 준비를 했지만 막상 현지에 도착하고 나면 생각지도 않았던 혼선이 빚어졌다. 흔히 사업 초기 단계에 벌어지는 불협화음이었다.

계속 인연이 이어질 거라는 신뢰가 없을 때는 이런 종류의 번거로운 절차조차 달갑지 않기 마련이고, 상대의 전폭적인 협조를 얻는 것도 힘이 든다.

하지만 무슨 일이든 한번 시작하면 끝까지 끌고 가는 백롱민의 책임 있는 리더십이 점차 믿음을 쌓아가며 추진력을 얻었다. 시행착오가 생길 때마다 원인을 분석하고 현상을 관찰하면서 개선점을 찾는 온화한 품성은 스스로 움직이는 유기체처럼 편안한 조직 시스템을 만들어냈다. 해를 거듭할수록 베트남 어린이를 찾아가는 세민회 활동도 자연히 효율적으로 진화했다.

"처음 베트남에 진출할 때는 같이 떠날 의료진을 구하고 후원자에게 취지를 설명하면서 동의를 얻어내는 것만으로도 힘이 들었어요. 하지만 동반 관계를 지속하다 보니 그런 것에 들이는 많은 에너지를 절약할 수 있었죠. SK텔레콤이 베트남에서 자신들의 사업을 철수하면서도 그룹 차원에서 지속적인 지원을 약속해주었고, 베트남 당국도 공장 100개 짓는 일보다 더 고마운 일이라면서 외교적 호의 아래 적극적인 협조를 아끼지 않았어요."

SK그룹은 2012년까지 SK텔레콤이 해온 이 사업을 그룹 차원에서 벌이기로 결정했다. 계열사인 SK에너지와 SK건설이 현지에서 사업을 벌이고 있는 데다 SK네트웍스와 SK증권도 현지 진출을 모색하고 있어, 이에 걸맞은 사회 공헌 사업으로 확대하기 위해서다. 이 모든 것이 결국 시간이 가져다준 신뢰 관계의 성과였다.

"지난 18년 동안 수술 혜택을 받은 베트남 어린이가 어느덧 3,000명이 훌쩍 넘습니다. 전쟁으로 인한 기형 환자도 있지만 선천적인 기형 환자도 계속 태어나고 있지요. 아직까지 경제적인 뒷받침이 어렵고 의료 서비스도 부족한 형편이라서 무료 수술을 기다리는 환자가 많이 있습니다. 우리나라도 전쟁을 겪었고, 가난했을 때는 줄곧 다른 나라의 도움을 받았지요. 이제 반대로 어려운 나라의 어린이를 돕게 되었으니 참 다행입니다. 근래 이삼십 년 동안 우리나라의 성형외과 기술도 괄목할 만큼 발전했기에 도울 수 있는 여지도 훨씬 많아졌고요."

그냥 말하는 것만으로는
상상이 안 돼요

　백롱민은 처음부터 이 일을 하면서 기존의 '의료봉사'와는 뭔가 궤를 달리해야겠다는 생각을 했다. 그때 생각한 것이 세 가지 있다. 첫 번째는 당연히 수술이다. 수술은 정확하고 안전하게 이루어져야 했다. 두 번째는 교육과 기술 전파다. 언제까지나 수술만 대신해줄 수 있는 문제가 아니기 때문이다. 즉 현지 의료진이 직접 수술을 할 수 있도록 교육도 하고, 기술을 전수해야겠다는 다짐이었다. 그래서 수술을 할 때 노하우를 전수할 수 있도록 언제나 현지 의료진을 참여시켰다. 고기를 주는 것보다 고기 잡는 법을 가르쳐주어야 더 근원적인 도움이 된다는 생각에서다. 세 번째는 장비 지원이다. 교육만 한다고 해서 아무것도 없는 맨손으로 수술을 할 수는 없는 일이기 때문이다. 이를 위해 세민회에서는 매년 다른 지역의 병원을 선정해서 캠프를 차린다. 혜택을 받지 못한 곳에 수술 장비 일체와 소모품을 골고루 기증하기 위해서다. 물론 이 모든 것이 한 명이라도 더 많은 어린이에게 수술을 해주겠다는 마음에서 나온 발상이다.

　손바닥도 마주쳐야 소리가 나는 법. 이제는 베트남 측에서도 수술 대상 환자 선정, 기본 진료, 일정 안내까지, 그곳에서 사전에 할 수 있는 최대한의 업무를 진행해놓는다.

　"의료봉사팀 전원이 어렵게 시간을 쪼개서 가는 터라 조금이라도 시간을 허투루 보내지 않고 치료와 수술에만 전념할 수 있도록 미리 사전 준비를 철저히 하는 거지요. 수술도 가장 빠른 시간 안에 끝낼 수 있도록 동선까지 꼼꼼하게 고려해서 수술대를 배치하도록 주문합니다."

봉사팀은 입국한 날부터 돌아오는 날까지 쉼 없이 강행군한다. 보통 한 번 갈 때마다 200명 정도를 수술하는 것을 목표로 하기 때문에, 일주일 머무를 경우 하루에 30명씩 수술을 하는 꼴이다. 밤늦게까지 수술실에 불이 밝혀지는 경우가 허다했다.

"그냥 말하는 것으로는 상상이 안 돼요. 그곳에 도착하면 그 순간부터 말 그대로 전쟁입니다. 의료팀이 도착하는 날부터 돌아오는 날까지 변변히 쉴 새가 없어요. 열악한 간이 의료실에 서서 일주일간 모두 200명 정도를 수술하고 오는 스케줄이니까요."

그곳에서는 오로지 수술과 환자들 생각에만 집중해야 한다. 일상을 살면서 느끼는 이런저런 복잡다단한 생각이 떠오를 틈조차 없다. 어느새 시간과 공간의 개념까지도 모두 사라진다. 종일 치료와 수술에만 빠져 있다가 일과 후 복도에서 베트남어 소리가 들리면 그제야 이곳이 베트남이라는 걸 깨닫게 된다. 이따금 그런 몰입이 뜻하지 않았던 선물을 줄 때도 있다.

"그렇게 열중해서 일하다 보니 의도치 않은 행복을 느끼는 것 같습니다. 자신의 능력을 최대치로 발휘하고 있을 때, 그때 느껴지는 황홀한 몰입의 경지가 참 짜릿하거든요. 그게 다른 말로 '일하는 기쁨'이라는 걸까요?"

밥 먹을 때
젓가락 하나 더 놓는 심정으로

백롱민은 두 형제 중에 막내로 태어났으나 형과는 열다섯 살이나 터울이 져서 함께 장난을 치며 놀았던 기억은 없다. 그의 형이 바로 우리나라 성형외과 대부가 된 백세민 박사다. 훗날 동생 백롱민이 성형외과 의사가 되기로 결심하면서 이들 두 형제는 평생 다른 사람에게 인술을 펼치는 의사의 삶을 함께 걷게 된다.

그러나 백롱민이 원래부터 의사가 되기를 꿈꾸었던 것은 아니다. 학창 시절에는 자기 성향이 무엇인지 찬찬히 알아볼 기회가 없었다. 하고 싶은 것이 무엇인지, 자기 꿈이 무엇인지를 궁구할 여유 같은 것도 없었다. 그저 불평하지 않고 묵묵히 참아내는 것이 먼저였던 시절이었다.

"자신의 꿈을 찾고 그걸 위해 도전할 수 있는 것도 요즘 젊은이들에게나 허락되는 특권이지요. 우리 시대에는 그저 좋고 싫은 것을 따지기 전에 자기에게 주어진 책무를 다하라고 배웠지요. 한번 맡은 일은 중간에 포기하지 말고 끝까지 해야 한다는 것도요."

좋은 것을 선택할 기회는 별로 없었지만 무엇이든 시작하면 이겨내야 살아남는 시대였다. 그래서 백롱민도 한번 정해지면 한눈팔지 않고 앞만 보고 달려갔다.

다행히 부모님은 그에게 기름진 땅을 제공해주었다. 공무원이셨던 아버지는 전통적인 사랑을 베푸는 어머니와 함께 조용하게 가정을 지키시는 분이었다. 당신들 스스로 바르고 성실하게 사는 모습을 몸으로 보여주는 것이 최고의 교육이라고 여겨서 일일이 간섭하는 법도 없었다.

또래보다 몸집이 큰 편이었던 백롱민은 초등학교 입학식 날 우연히 선생님 눈에 띄어 임시 반장으로 지목을 받았다. 우연히 맡은 임시 반장 노릇이 썩 괜찮았던지, 정식으로 열린 반장 선거에서 반 아이들이 다시 자신을 뽑아주었다. 학교생활과 동시에 시작된 반장 역할은 언제나 반 아이들 전체를 생각하면서 움직이는 습관을 갖게 했다. 맡겨진 일에는 항상 최선을 다하라는 부모님 가르침대로였다. 그러나 그런 책무가 항상 달가웠던 것은 아니다.

"그렇게 시작된 반장 노릇이 한 해도 빠짐없이 계속되었어요. 고등학교 2학년까지 쭉. 나중에는 반 아이들 전체와 학교와 선생님 사이에서 어떤 책임을 가지고 있다는 것이 그렇게 고단할 수가 없었어요. 정말 단 한 번이라도 내 일만 홀가분하게 생각했으면 좋겠다는 생각이 간절했지요. 고3 올라와서 선생님께 간청했더니 한 달 내내 청소를 하면 허락을 해주신대요. 그래서 한 달 청소를 하고 1년간 반장 자리를 벗어난 적이 있어요. 지금 생각하면 힘들긴 했지만 학교 다니면서 내내 맡아야 했던 반장 역할이 사회에 나와서도 공동체를 위한 책임감을 가지는 자세를 만들어주지 않았나 싶기도 해요."

고등학교 졸업을 앞두고 치른 예비고사 성적이 괜찮았던지 선생님은 백롱민에게 의대를 가면 어떻겠냐고 제안했다. 그도 동의했다. 전공 학과를 정할 때는 집안 어른들이 모였다. 그때만 해도 친척이 모여 중요한 집안일을 함께 의논하고 결정하던 관습 같은 게 있었다.

"당시에는 이미 형님이 우리나라 안면 기형 분야에서 선구적인 위치를 차지하고 있었어요. 형님의 영향을 받았는지, 자연스레 성형외과 공부에 관심이 쏠렸죠. 이 분야의 창의적이고 예술적인 요소가 제 마음을 끌었던 것도 있고요. 두 형제가 같이 의지하면 서로 도움이 되지 않을까 싶으셨는지 집안 어른들도 그렇게 의견을 모으셨어요."

그의 말마따나 백롱민이 성형외과 전공의가 된 시점에 그의 형 백세민은 이미 우리나라 안면윤곽성형 부문의 거두가 되어 있었다. 형 백세민은 의대 졸업 후 미국으로 건너가 일반외과와 성형외과 전문의 경험을 두루 거치면서 배운 최고의 의료기술을 우리나라 얼굴 기형 환자를 위해 쓰겠다는 마음으로 귀국하여 백병원에 다니고 있었다. 보장된 미래를 과감히 버리고 오로지 국내 의료봉사를 다닐 수 있도록 지원해주겠다는 병원을 찾아 헤맨 끝이었다.

젊은 외과의사였던 백롱민은 자연스레, 어쩌면 운명처럼 그 길에 동참했다. 백세민 성형외과팀의 수련 과정은 장안에 소문이 날 정도로 혹독했다. 특별히 권유하지도 않았던 일에 동생이 합류하겠다고 자원했을 때는 형이 먼저 심각하게 그의 각오를 다시 물어볼 정도였다. 별로 반가운 내색도 없이 남들보다 더하지도 덜하지도 않은 공식적인 선후배 의사 관계로 대했지만, 마음속으로는 언제나 아버지처럼 동생을 아껴주던 형이었다. 백롱민도 형이 시키는 일이라면 마다하지 않고 묵묵히 시키는 대로 따랐다.

당시 백병원 의료팀에서는 쉬는 날이면 번갈아 보건소를 찾아다니면서 우리나라 얼굴 기형 환자들을 무료 진료해주고 있었다. 모처럼 찾

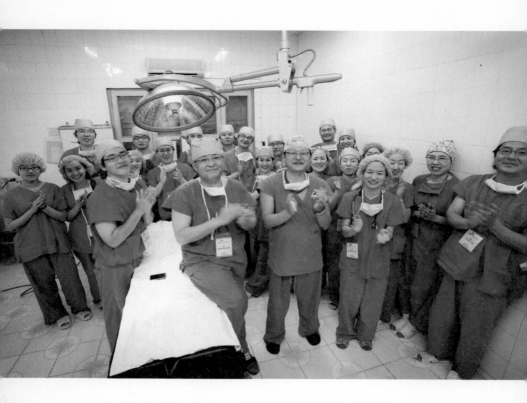

아온 휴일에 지친 몸을 회복할 새도 없이 백세민 박사가 지시하는 보건소로 달려가 진료를 해야 하는 날이 이어졌다. 전국 방방곡곡 안 가본 곳이 없었다. 몸은 고달팠다. 하지만 그늘진 곳에서 세상 밖으로 나오지 못하고 도움의 손길만 기다리고 있는 사람에게 희망을 찾아주는 기쁨이 그 모든 걸 잊게 했다.

이런 식으로 10여 년에 걸친 국내 순회 진료를 거의 마무리하던 무렵, 또 다른 기회가 찾아왔다. 우연히 우리나라와 베트남 수교를 기념하기 위해 신문지상에 소개된 라이따이한 이야기를 읽게 된 것이다. 그 뒤 베트남으로 해외 봉사를 나가기로 결심한 형제는 차근차근 계획을 세웠다. 그러나 베트남에서의 첫 번째 봉사를 무사히 끝낸 시점, 돌연 백세민 박사가 병을 얻었다. 백세민은 어쩔 수 없이 동생에게 소명을 맡기고 일선에서 물러날 수밖에 없었다. 형을 도와서 일을 진행하던 백롱민에게 리더의 책무가 되돌아왔다. 이후 백세민 박사의 처음 뜻을 기리는 의미에서 단체 이름을 '세민얼굴기형돕기회'라고 정하고 18년 넘게 이 일을 이끌어오고 있다.

"저를 믿어준 많은 인연들이 몸과 마음을 다해 동참해주지 않았으면 오늘에 이르지 못했을 거예요."

백롱민은 무엇보다 그간 함께했던 사람들에 대한 고마운 마음을 감추지 않는다. 여러 어려움에도 불구하고 의료봉사활동을 하는 이유는 특별하지 않다. 그가 할 수 있는 유일한 일이기 때문이다. 사실 그는 이런 활동을 봉사라고 생각하지도 않는다.

"제가 할 줄 아는 일이 의료고, 남보다 더 잘할 수 있는 몇 안 되는 일 중 하나가 얼굴 기형을 고치는 것일 뿐이에요. 그래서 밥 먹을 때 젓가락 하나 더 놓는 그런 심정으로 하는 겁니다. 얼굴 기형이 있는 곳이라면 세계 어디에서나 여건만 되면 수술할 용의가 있고요. 사실 누구나 다 그런 마음을 갖고 있으리라고 생각합니다."

지금까지 그래왔듯
앞으로의 삶도 그러할 것이다

한국의 슈바이처라 불리는 백롱민이지만 가정에서는 무심하고 바쁜 아버지일 수밖에 없었다. 하지만 그 또한 골고루 다 잘할 수 없는 인간의 한계라는 생각에 그다지 안타까워하지 않는다. 후회나 반성보다는 어쩔 수 없이 결핍되었던 부분을 인정하고 그대로 보듬으려는 자세다.

"조금 미안한 생각도 들긴 하지만 다 지난 일이니 이제 와서 다시 어찌할 도리도 없어요. 사실 휴식이나 가족과의 시간 같은 것들은 제가 자랄 땐 보지 못하던 것들이라 익숙하질 않아요. 우리 부모님들도 그렇게 사시는 모습을 보여주신 적이 없었고요. 대신 일이라는 건 한번 시작하면 대강 할 수 있는 것이 아니잖아요. 열심히 안 하면 사회에서 버텨나갈 수가 없었지요. 그러니 언제나 일이 우선이었던 것 같아요. 요즘 사람들이 얘기하는 재미나 행복이라는 말을 한 번도 생각 못하고 지낸 거지요. 가장으로서 이름만 걸어두었지 실제로 아이들과 시간을 보내고 생활을 살피는 일은 거의 못했어요. 아이들 다니는 학교 이름도 잘 몰랐으니까요. 그런 점에선 많이 미안하지요. 다행히 수명이 길어졌으니 앞으로 가족에게는 또 만회할 기회가 오려니 하고 생각하죠. 허허."

오랜 세월을 함께 살다 보니 부부간 충돌도 없지는 않았다. 하지만 백롱민은 충돌마저도 으레 그래야 할 당연한 과정으로 받아들였다. 젊은 시절에는 나와 남의 차이를 깨닫지 못해 종종 다투기도 했지만 세월이 흐르면서 생각해보니 부부라 할지라도 각자의 일과 취향을 인정하고 서로 너무 간섭하지 않는 게 좋다는 것을 알게 되었다. 자기 마음대로만 하지 않고 서로 양보하면서 사는 것이다.

"어차피 서로 다른 사람과 함께 살아가는 건데 충돌이 일어나는 건 오히려 당연한 것 아닌가요? 저를 가만히 돌아봐도 그래요. 제가 가진 성격을 잠시 숨길 수는 있었지만 고칠 수는 없었던 것 같아요. 그러니 남을 바꾸려고 하는 건 지나친 욕심이겠지요. 지금은 같이 할 수 있으면 같이 하고, 따로 하고 싶은 것은 또 그대로 인정하면서 함께 지내려고 노력합니다. 아이들과도 마찬가지죠. 저는 굳이 나이로 세대를 나누는 것에 동의하지 않습니다. 여건이 다르면 생각도 다르고 선택도 달라지는 게 자연스러운 거지요. 또 저마다의 인생관과 철학에 따라 서로 생각이 다른 것일 뿐, 그것이 '옳다 혹은 그르다'의 문제는 아니라고 생각해요. 저는 남이 저와 다르다는 것에 대한 노여움은 없어요. 그 상황이면 그럴 수 있겠거니 여기는 편이지요."

오랫동안 힘든 리더 역할을 수행하면서도 큰 마찰 없이 일을 끌어나가는 온화한 리더십은 다름을 바라보는 그의 편안한 시선에서 비롯되

었을 듯하다.

"우리 같은 의사들은 자기 전문 분야에서만 평생 지냈기 때문에 미래를 설계하는 데도 운신의 폭이 아주 좁아요. 자기들이 아는 것 외에는 할 줄 아는 게 별로 없어요. 그러니 현재 처한 자기 영역을 더욱 충실히 하는 것만이 답이에요. 그래서 저 역시 맡은 분야에서는 최고가 되려는 노력을 아끼지 않았던 것 같아요. 이제는 어느 정도 그 꿈도 이뤘다고 생각합니다. 앞으로는 이미 제가 벌려놓았던 일들을 은퇴 후에도 꾸준히 계속할 수 있도록 해야겠지요."

이제까지도 그랬지만, 백롱민은 미래의 행복을 위해서도 같은 생각을 가지고 있다. 스스로 감당할 수 있는 만큼의 소박한 꿈을 꾸고 그걸 하나씩 실현해가는 과정을 즐기면서 살아가자는 생각. 그러기 위해서 그는 굳이 남과 비교를 하지 않는다. 사람은 누구나 자기보다 더 나은 것과 비교를 하게 되는 법이다. 백롱민 자신도 마찬가지다. 그러다 보면 자꾸 속이 상한다. 내 마음이 편한 게 최고라면 그런 버릇을 없애려는 노력을 기울여야 한다. 더 형편이 나은 다른 사람들한테 신경 쓰지 않고 이미 내 앞에 놓인 자신의 삶을 차근차근 일구며 살아가야겠다고 생각한다. 은퇴 후의 삶이란 백롱민에게 지나온 삶과 다르지 않다.

"요즘은 퇴직 연령도 자꾸 낮아져서 제 친구들 중에도 은퇴한 사람이 많이 있습니다. 우리들은 세상을 두루 알아보면서 자란 세대가 아니어서 직장을 가진 이후에는 정말 일만 했던 세대입니다. 이렇게 한창 몰두하던 일에서 갑자기 벗어나게 되면 정말 막막해질 것 같아요. 위축도 많이 되겠고요. 하지만 다들 닥친 상황이 다를 테니 자신과 다른 처지의 사람이 위로를 건넨다 해도 특별히 더 도움이 되지는 않을 것 같습니다. 그래도 저는 병원에서 근무하는 사람이니까 어쩔 수 없이 이런 말을 해주게 됩니다. '아직 건강하니 그래도 뭐든지 해볼 여지가 있지 않느냐, 힘내라!'고요. 저는 매일 그보다 훨씬 절망적인 상황을 많이 보고 사니까요. 건강을 잃으면 정말 아무것도 할 수 없더라고요."

최선의 팔로우십은 역시 최상의 리더십과도 통하는 걸까? 적어도 백롱민에게 팔로우십과 리더십은 동일한 이름이었다. 그의 꿈은 특별하지 않다. 의사로서 돕는 일을 계속하는 것이다. 성형외과 재능을 최고로 살려 사람들에게 베풀며 살고자 했던 의사 백롱민은 그 꿈을 위해 우선순위로 두어야 하는 가치를 세우고 부차적인 것들에는 아예 욕심을 버렸다. 그리고 오직 한 길로만 달려왔다. 그렇게 자란 느티나무 아래 수많은 사랑과 희망의 열매가 깃들었다.

인터뷰어 | 김정은

이 사회에 꼭 필요한
나이가 있다면

/

다섯 번째

모든 악을 짓지 말고
모든 선을 힘써 행하여
스스로 그 마음을 맑게 하라

김 승 준

여느 평범한 은퇴자처럼 일상을 보내던 김승준에게 어느 날 호기심 가득한 일이 찾아왔다. 그가 사는 동네의 복지관에서 우연히 시니어 봉사단 모집 공고를 접하게 된 것이었다. 지방의회 의원들의 의정 활동을 모니터하고 그 결과를 지역 주민에게 알리는 역할이었다. 사는 동안 단 1분도 봉사라는 분야에 발을 들여본 적 없는 봉사 문외한 김승준이 8년째 봉사단을 이끄는 존재가 된 건 과거의 약속, 현재의 약속 때문이었다. 그에겐 35년간 핑계만 대고 단 한 번도 지키지 못한 약속이 있었고, 봉사단을 절대 손에서 놓지 않겠다고 스스로에게 다짐한 약속이 있었다. 인생에 진 빚은 그의 나이 예순 중반을 넘기고서 비로소 태양과 마주하게 되었다.

'관심' 속에 '변화'는
시작되고 있었다

2014년 6월 4일 대한민국 전역에서 지방선거가 실시되었다. 6·4 지방선거에서는 총 7개의 선거가 치러졌다. 유권자가 1인 7표를 행사하며 투표용지에 1, 2차로 나눠 기표하는 방식이었다. 유권자 한 사람에게 할당된 선거 횟수가 많은 만큼 각 선거마다 출사표를 던진 여러 명의 후보자를 세세하게 파악하는 중책이 유권자에게 부여되었다. 선거에 투철한 관심을 보이지 않는다면 쉽게 지나칠 만한 요소가 충분해 보였다. 1차 투표용지에 게재된 광역자치단체장과 기초자치단체장, 교육감은 차치하더라도 2차 투표용지에 적혀 있는 광역자치단체의원, 기초자치단체의원, 각각의 비례대표 후보자의 면면까지 살피는 건 더욱 그러했다. 시대가 바뀌고 세대가 바뀌었다고는 하지만 공약보다는 정당에 치우친 투표 행위가 여전히 사회적으로 만연해 있었다. 세월호 참사의 여파를 떠안고 어지러운 정세 속에서 치러진 6·4 지방선거지만 과연 뾰족한 수가 나타날 수 있을지 의문이었다. 빛 좋은 개살구에 불과한 후보자의 공약, 정치계를 속물덩어리로 치부한 채 나 몰라라 멀찍이서 바라만 보는 대다수의 무책임한 유권자가 여전히 존재하는 한 6·4 지방선거라고 과연 달라진 해답을 내놓을 수 있을지 미지수였다.

전날 김승준이 미리 일러준 대로 스마트강남정보관 제1회의실은 지하철 7호선 강남구청역 3번 출구와 이어진 곳에 자리했다. 그곳에서 김승준이 단장으로 있는 열린의정봉사단 소속의 서울강남지방단 6월 임원회의가 열리고 있었다. 멋들어진 백발의 노신사 김승준은 카리스마를 마구 내뿜으며 위엄 있는 단장의 이미지를 풍기고 있었다. 김승준 곁에는 백발엔 못 미치지만 2 대 8 가르마를 타고 곱게 빗어 넘긴 머리카락과 비즈니스 캐주얼 차림을 멋들어지게 소화하고 있는 노신사 여럿이 착석해 있었다. 이들은 각각 열린의정봉사단 상임고문으로 서울강남지방단 부단장으로 활약하고 있다고 자신을 소개했다. 특히 김영기 상임고문과 황치조 부단장은 열린의정봉사단의 전신인 애플봉사단 의정모니터팀에서 김승준과 함께 활동한 창립 초기 멤버였다.

6·4 지방선거가 끝난 직후여서 임원들 사이 화젯거리는 단연 서울시와 강남구의 선거 결과였다. 대화는 대개 이런 식이었다. "그 의원이 참 일을 잘했는데 재선에 성공하지 못해 아쉽다"거나 반대로 "그 의원이 열심히 하더니 재선에 성공해 기쁘다"는 등의 다수가 쉽게 고개를 끄덕일 만한 주인공만이 화젯거리 선상에 올랐다. 개인의 생각과 의견은 최대한 배제하는 분위기였다. 회의 시작 시간 십여 분을 넘기고서야 사무총장이 헐레벌떡 회의실 문을 열고 들어섰다. 그의 엉덩이가 의자에 닿기 무섭게 김승준의 목소리를 타고 6월 임원회의 회의록에 적힌 첫 번째 공지사항이 흘러나오기 시작했다.

6·4 지방선거의 최종 투표율은 56.8퍼센트를 기록했다. 1995년 처음으로 전국 동시 지방선거가 실시된 이래 두 번째로 높은 투표율을 기록한 지방선거였다. 2010년에 치러진 대한민국 제5회 지방선거에서 야당인 민주당이 광역단체장과 기초단체장, 광역의원 당선자 수에서 여당인 한나라당을 앞지르며 확실한 승리를 거머쥐었으나 이번 6·4

지방선거에선 여야 간의 승패를 논하기 어려워 보였다. 광역단체장 선거 결과에선 야당인 새정치민주연합이 앞섰지만 기초단체장과 광역의원 선거 결과에선 여당인 새누리당이 앞섰기 때문이다. 여야 간 달라진 결과만큼 유권자의 성향 또한 달라졌음이 자명해 보였다. 세월호 참사로 분노가 극에 달한 유권자들의 심리적 영향력은 교육감 선거 결과에서 여실히 드러났고, 진보 성향 교육감이 다수 당선되는 사례를 낳기도 했다. 여러 매체에선 앞다퉈 논평을 발표하며 당선자들에게 가장 시급한 건 유권자들의 적극적인 의지를 헤아릴 줄 아는 진심이라고 목소리를 높였다.

김승준의 발언은 계속되었다. 6월 임원회의의 하이라이트인 부산시 5개 지방단(해운대구, 동래구, 남구, 수영구, 기장구) 출범 준비와 관련하여 임원들 간에 의견 교환이 활발하게 이어졌다. 그동안 서울과 경기 등 수도권에 집중되어 의정 활동이 이뤄졌기 때문에 부산 지방단 출범은 지금껏 열린의정봉사단이 쌓은 훌륭한 성과의 결과물이자 제2의 도약 발판으로 작용할 것이란 판단이 지배적이었다. 이들이 가야 할 길은 아직 멀어 보였으나 그럼에도 불구하고 걸어갈 길에 대한 방향만큼은 정확하게 짚고 있다는 것으로 서로의 수고를 치하하는 듯했다. 그렇다면 그 방향이란 게 무엇인지 잠시 짚고 넘어갈 필요가 있었다. 김승준은 민주주의 사회에 꼭 필요한 것, 반드시 행해져야 하는 것, 정치와 함께 존재해야 하는 것 정도라고 이야기할 수 있겠다며 자신감에 찬 목소리로 허두를 뗐다. 의정(議政)이 하는 일에 국민이 관심을 가질수록 변화를 꾀할 수 있고, 의정과 국민 사이의 메신저 역할은 열린의정봉사단의 몫이라는 부연 설명이 이어졌다. 자고로 자신들의 몫이 전국 각지에 퍼지면 퍼질수록 의정과 국민 모두 살맛 나는 세상이 될 거라는 얘기였다. 그러니 그 방향이란 게 지금 당장 퍼뜩 와 닿지는 않아도 시간이 지나고 나면 모두에게 퍼뜩 제정신을 차리게 만들 강력한 무기가 될 것이라는.

35년간 지키지 못한
'봉사'라는 약속

임원회의는 근처 식당에서 저녁식사로 이어졌다. 누군가 설명하지 않아도 각자 알아서 짐을 챙겨 식당으로 발걸음을 옮기는 걸로 봐서 회의가 끝나면 찾는 전용 코스인 듯했다. 넓적한 불판 위에 먹음직스러운 닭갈비가 지글지글 익어가고 각자의 기호에 맞춰 소주로 또는 맥주로 또는 이 둘을 섞은 것으로 각각의 잔이 채워졌다. 거품과 맥주가 일대일 비율로 채워진 맥주잔은 김승준의 것이었다. 시원한 맥주로 목을 축인 김승준은 입 주변에 묻은 거품을 손으로 쓱 닦고 난 뒤 이제야 인터뷰에 대한 자각을 하는 듯 무엇이 궁금한지 물어보라고 속삭였다. 닭갈비가 익기 전까진 대화할 시간이 있다는 눈치였다. 질문을 건네려던 차, 묻지도 않았는데 김승준 스스로 포문을 열었다.

"6·4 지방선거 과정과 결과를 면밀히 지켜보면서 우리 의정봉사단이 할 일이 더 많아졌구나 느꼈어요. 이걸 참 좋다고 해야 할지, 나쁘다고 해야 할지 모르겠네요. 개인적인 시각에서 이번 선거를 평가한다면 후보자 간 진실성이 결여되고 알맹이 없는 주장만 난무했다고 봐요. 그런데 그 가운데서 누군가는 당선이 되고 또 의정 활동이 시작되겠죠. 그 활동의 잘잘못을 가리는 게 우리 몫이니까 더 분주해질 수밖에, 더 매의 눈으로 관찰할 수밖에 없겠지요. 한편으론 의욕도 생기고 그래요. '어디 공약 내놓은 대로 밀고 나가나 보자' 하는 심정으로 말이지요."

김승준이 말하는 '관찰'은 지방의회 의원들의 의정 활동을 면밀히 살피는 일로 해석할 수 있다. 열린의정봉사단이 만들어진 이유도 이와 무관하지 않다. 김승준이 은퇴 후 하던 일을 다 제쳐두고 여기에 뛰어든 것도 이와 무관하지 않다. 35년간 미 국방성 산하에서 조직 생활을 한 김승준은 2000년 현직에서 은퇴하고 여생을 한국에서 보낼 심산으로 정착해 생활하고 있었다. 여느 은퇴자처럼 그는 일상의 소중함을 즐기며 평온한 하루하루를 보내고 있었다.

"집 근처 복지관에서 컴퓨터를 배우고 있었는데 어느 날 우연히 봉사단 모집 공고를 보게 된 거예요. 보자마자 딱 꽂혀버렸지 뭐예요. 무릎을 내리치곤 그래, 이거다 싶었어요."

2007년 봄, 서울 강남구노인복지관에서는 시니어들의 활발한 사회적 활동을 독려하기 위해 '애플봉사단'이라는 이름을 내걸어 시니어들이 주도하는 봉사단 창립을 준비하고 있었다.

"그때 봉사단 모집을 세 팀으로 나눠 받았어요. 하나가 독거노인들을 대상으로 봉사하는 팀이었고, 다른 하나가 영어 무료 번역 봉사, 마지막이 의정모니터 봉사팀이었지요. 다른 건 눈에 들어오지도 않고 오로지 내 눈엔 의정모니터 봉사만 보였어요."

김승준은 곧장 복지관 담당자를 찾아갔다. 애플봉사단 가입 신청서를 받아 들고 신청서 목록의 빈칸을 하나하나 채워나갔다.

"담당자가 내 경력을 대략 훑어보더니 영어 번역 봉사팀을 추천하더군요. 근데 현직에서 영어 선생님으로 은퇴한 분들이 많았으니까 그런 분들이 맡으면 좋을 것 같았어요. 담당자가 뭐라 하든 나는 무조건 의정모니터 봉사팀에 들어가겠다고 강력하게 주장했죠."

무슨 일이든 관심이 꽂히면 반드시 경험을 해봐야 직성이 풀리는 김승준이었다.

"담당자가 왜 그렇게 의정모니터에 목을 매냐고 묻더군요. 그동안 살아오면서 상황이 여의치 않을 땐 건너뛴 적도 있지만 그래도 선거가 치러질 때마다 꼭 투표를 하려고 노력했어요. 정치에도 남다른 관심을 기울였고요. 근데 가만히 생각해보니 내가 살고 있는 강남구 구청장의 이름도 퍼뜩 떠오르지 않고 구의원들은 더더군다나 알 턱이 없는 거예요. 여러 매체를 통해 정보를 쉽게 접하지만 정작 자신의 지역과 의회에는 관심이 적은 게 사실이에요. 이름도 성별도 모르겠는데 무슨 일을 하는지, 어떤 성향인지 알기나 하겠어. 정치에 관심을 가지고 살아온 나부터가 이러한데 대다수의 사람들, 특히 젊은 세대는 더욱 심각하지 않을까 싶더군요. 자각을 한 이상 행동으로 옮겨야 했어요."

청양고추를 넣은 알싸한 닭갈비 때문에 얼얼해진 입안을 연거푸 맥주로 잠재운 뒤 김승준은 말을 이었다.

"35년 동안 핑계만 일삼던 사람이 이제라도 한번 행동으로 옮겨보겠다고, 그 핑계를 없애보겠다고 주장할 필요가 있었어요. 조직 생활하는 동안 동료들이 함께 봉사하자고 권유하면 동참하겠다고 대답만 했지 정작 참여한 적은 한 번도 없었으니까요. 퇴직하고 나서 돌이켜보니 그 약속을 못 지킨 게 내심 마음에 걸리더군요. 항상 빚을 지고 있는 기분이었어요. 의정모니터 봉사단에서 열심히 활동하는 것으로 그 빚을 갚아야 했어요. 마지막 기회처럼 느껴졌으니까요."

은퇴 후 아내와 함께 하겠노라 굳게 약속했던 세계일주 계획도, 김승준의 오랜 취미생활을 본격적으로 이을 야생화연구소 설립 계획도 잠시 접어야 했다. 특히 야생화연구소는 이미 과천에 땅을 구입해 추진에 박차를 가하던 참이었다.

그해 5월, 사회복지공동모금회의 지원으로 애플봉사단 의정모니터팀은 첫 출발의 신호탄을 알렸다. 나이 예순여덟에 비로소 봉사라는 낯선 분야가 그의 삶에 찾아들었고, 서울 강남구 지방의회 의원들을 향한 '관찰'이 시작된 것이었다.

"그때만 해도 봉사의 'ㅂ' 자도 모르는 한낱 팀원 중 한 명에 불과했어요. 무엇보다 봉사에 어느 정도 적응이 되고 나면 잠시 미뤄두었던 은퇴 계획을 하나둘 실행에 옮길 생각이었어요."

저녁식사를 마치고 나니 더 이상 인터뷰를 진행하기는 힘들어 보였다. 시간도 이미 늦었고 배도 이미 불렀으니 인터뷰는 다음을 기약해야 했다.

백 퍼센트 타의에 의해 벌어진
대박 사건

　일주일 뒤 강남구의회 본회의장 의정모니터 활동 현장에서 김승준을 다시 만났다. 제230회 강남구의회 제1차 본회의가 열리는 날이었다. 본회의장 앞에서 봉사단원과 의원들을 맞이하고 있는 김승준은 전에 만났을 때와는 사뭇 다른 이미지를 풍겼다. 풍성한 백발은 그대로였지만 세련된 워싱이 돋보이는 청바지에 슈트 재킷을 조화롭게 차려입은 패션 센스는 그를 족히 10년은 젊어 보이게 만들었다. 청바지에 맞춰 독특한 패턴의 타이를 매치한 것도 젊은 감각을 물씬 풍기게 하는 요소였다.

　지난 임원회의 때도 그러했듯 단장으로서 김승준은 꽤 분주해 보였다. 봉사단원의 도착 여부를 파악하고 의정 활동 모니터 기록지를 전달하는 등 진행 상황을 일일이 챙기는 모습이었다. 조금 있으니 강남구의회 의원들에게 둘러싸여 인사를 나누느라 여념이 없었다. 4년간의 의정 활동을 마무리하는 6대 강남구의회 마지막 회기였기에 인사를 나눠야 할 의원들의 수가 평상시보다 더 많은 것 같았다. 오른손이 닳도록 악수를 하느라 바쁜 김승준을 보니 그야말로 봉사단 멤버들이 한목소리로 김승준을 표현한 그 수식어가 딱 들어맞는 느낌이었다. 김승준은 강남구의회 슈퍼스타였다.

　김승준의 인기는 쉽게 사그라지지 않았다. 의회를 마치고 본회의장 앞 객석 한쪽에 자리를 잡은 채 김승준과 대화를 시작했으나 채 몇 분

이어지지 못하고 계속해서 끼어드는 불청객으로 정상적인 대화가 불가능했다.

"슈퍼스타엔 그에 합당한 책무란 게 있어요. 아주 무거운 책무지. 그러니 때론 그 타이틀이 전혀 반갑지 않아요."

본회의장 근처 카페로 자리를 옮기자 슈퍼스타의 애환이 흘러나왔다. 봉사의 'ㅂ' 자도 몰랐다던 김승준이 어쩌다 슈퍼스타의 애환까지 읊는 지경이 되었을까.

"애플봉사단이 생기고 나서 바로 총회가 열렸어요. 봉사단 대표를 뽑아야 하니 희망자를 받거나 후보자를 추천받겠다고 하더군요. 나랑 상관없는 얘기니까 그냥 무심코 지켜만 봤지. 근데 누군가 나를 추천한 거예요. 내 이미지가 단장에 적합할 것 같다고 느꼈다는군. 사람 참 볼 줄 모르는 양반이구나 생각하고 허허 웃고 말았어요."

김승준을 포함해 총 다섯 명의 후보자가 선정되었다. 그 다섯 명 중 1위와 2위 득표자를 다시 최종 후보자로 선정해 2차 투표를 진행하는 방식이었다. 선거관리위원회까지 조직되면서 실제와 비슷한 투표소와 투표함이 만들어지고 대통령 선거 하듯 제대로 선거가 치러졌다. 1차 투표 결과 김승준은 두 번째로 많은 표를 받으며 최종 후보에 올랐다. 김승준으로서는 할 수만 있다면 그 상황에서 당장 벗어나고픈 심정이었다. 빼도 박도 못하는 신세가 된 그는 과정이야 어찌 되었든 사람들 앞에서 단장이 되면 펼칠 각오와 공약을 제시해야 했다.

"솔직하게 말했어요. 나를 지지해준 건 고맙지만 나는 살아오면서 단 1분도 봉사라는 걸 해본 적이 없는 사람이라고요. 여기에 관심을 둔 건 오직 두 가지, 더 늦기 전에 봉사를 배우고 싶은 것과 의정모니터가 어떻게 이뤄지는지 직접 경험해보고 싶은 마음 때문이라고 말했지요. 상대 후보자가 마땅히 당선되어야 한다고, 그게 이치에 맞는 것 같다고까지 말했어요."

김승준의 생각과 달리 유권자들은 어서 공약을 제시하라고 성화였다.

"공약은 단 하나였어요. 어떠한 상황에서도 초심을 잃지 않겠다는 다짐이었지요. 적극적인 참여를 이끌어내겠다는 말은 나부터가 그렇게 할 생각이었으니까 자연스럽게 이어져 나왔고요. 나와 함께 적극적인 참여를 약속해준다면 무슨 일이 있더라도 앞에서 끌어주고 뒤에서 밀어주는 책임의식 있는 단장이 되겠다는 말까지 술술 나오더군요. 그러곤 박수가 여기저기서 터져 나오더니 일순간 분위기가 반전되는 것 같았어요."

상대를 큰 표 차로 따돌리고 김승준은 애플봉사단의 초대 단장이 되었다. 타의에 의해 생각지도 못한 운명을 떠안게 된 셈이었다. 한데 이건 아무리 따져봐도 김승준에겐 중책 중에서도 대박 중책에 속했다. 독거노인을 돕고 영어 번역하는 봉사팀이야 전부터 계속 이어진 것이지만 의정모니터 봉사는 달랐다. 참고할 만한 봉사단 모델이 시중에 나와 있지 않았다.

"단장 타이틀을 달았다고 하니 집에선 야단이 났어요. 아내는 누구보다 내 성격을 잘 아니까 당장 도로 물리라면서 화를 내더군요. 나는 일단 시작하면 적당히 하지는 못해요. 맡았다 하면 죽어라 책임을 다하는 성격이에요. 어릴 때부터 그랬어요. 직장 생활 하는 동안에는 더

심했지. 내가 먼저 나서서 주도한 적은 단 한 번도 없었는데 결과적으로 보면 늘 리더의 자리에 있었어요. 매번 내 의지와는 다르게 타인에 의해 책무가 주어졌던 거예요. 그럴 때마다 그걸 보란 듯이 완벽하게 해냈어요. 누가 강요한 것도 아닌데 말이죠. 어쩔 수 없는 천성이고 운명인가 봐요."

그럼에도 불구하고
땡큐 아메리카!

6·25 전쟁이 발발할 때 김승준은 초등학교 5학년 열두 살 소년이었다. 전쟁을 피해 피난을 갔다 돌아와보니 집 안 여기저기에는 미군이 남기고 간 흔적이 역력했다. 소년의 눈에 띈 건 다름 아닌 전투용 식사로 사용했음직한 초록색 깡통이었다. 그날부터 이 깡통은 소년의 보물 1호 장난감이 되었고 깡통 전체에 쓰여진 까만 글씨를 해독하는 일이 소년의 하루 일과를 모두 차지하기에 이르렀다.

"그땐 영어인지도 몰랐지. 접해본 적이 없었으니까요. 어느 날 저녁 마을 앞 하천에서 6·25 전쟁 홍보 대한뉴스가 방영되었는데 미국 군인들이 들고 있는 물품에 쓰여진 글씨를 보고는 깡통에 쓰인 게 미국 말이라는 걸 인지하게 되었어요. 새로운 세상에 눈을 뜬 거예요."

낯설고 생소한 미국 말은 소년 김승준의 인생에 터닝포인트로 작용하기에 더없이 훌륭했다. 중학교에 진급한 뒤 비로소 영어 과목을 접한 김승준은 영어 하면 자다가도 벌떡 일어날 정도로 열심이었고 학교 내에선 영어 모범생으로 소문이 자자할 정도였다.

"기를 쓰고 영어만 팠어요. 수학이나 과학 같은 건 아예 눈에 들어오지도 않았어요. 매일같이 영어 수업만 손꼽아 기다리고 그랬죠. 그땐 대부분의 학생들이 영어 하면 손사래를 치고 피하기 일쑤였거든. 내가 영어를 곧잘 하니까 영어 선생님이 수업시간이면 꼭 나한테 책을 읽게 하고 질문도 나한테 던지면서 나를 엄청 예뻐했어요. 선생님한테 더 좋은 모습 보여주고 싶어서 밤새워가며 영어 공부에 매달리고 애쓰고 그랬죠. 영어 하면 곧 김승준이었던 시절이 있었죠."

김승준은 1965년 미 국방성 산하 제3국인 직원 채용 공고에 지원했고, 인터뷰에서 뛰어난 영어 실력을 높이 평가받아 합격했다. 드디어 그렇게도 알고 싶어 한 선진사회 미국의 경제, 문화 수준을 접할 수 있게 된 것이다.

김승준의 일터는 미 국방성 산하 회계처였다.

"그때만 해도 미국인들은 아시아인을 대할 때 언제나 우월성을 드러냈죠. 그들은 세계 1등 국민이라는 자부심을 가지고 있었어요. 그런 마당에 작고 왜소한 한국인이 나타났으니 관심조차 갖지 않더군요. 미국인의 텃세를 피할 수 없었지요. 그런 그들의 태도를 당시에는 당연하게 받아들여야 했어요. 어느 정도 예상은 했지만 현실은 더욱 가혹했어요."

김승준의 직속 상사는 3개월만 견디면 될 거라는 희망찬 말과 달리 신입이 하기엔 버겁고 골치 아픈 업무만 계속 던져주었다. 상사의 말에서는 3개월도 못 버틸 거라는 뉘앙스가 강하게 풍기고 있었다. 김승준의 직책에는 전혀 어울리지 않는 과도한 업무가 시작되었다. 희망이 절망으로 바뀌는 순간이었다.

"맘먹기에 달렸다고 생각했어요. 희망은 그 누구도 아닌, 내가 스스로 만들어야 했으니까요."

과정은 절망적이었을지 몰라도 김승준의 열정만은 그렇지 않았다. 직속 상사가 건네준 업무를 성공적으로 처리해낸 김승준에게 결과는 희망적이었다.

"그간 아무도 손대지 않고 수년간 미결 상태로 내려오던 긴급 처리 대상 미 국세청 국세 관련 보고 자료도 모두 나한테 떠넘겨졌지만 어떻게든 다 해결하고 그랬지요. 인종차별 심한 이곳에서 살아남으려면 시키는 것 모두 어떻게든 해결해야 한다는 생각이 컸어요. '나는 대한민국 대표로 온 사람이다'라는 국가대표 마인드로 말이지요."

어느 시점이 지나고 난 뒤 김승준은 그가 속한 부서의 일을 넘어 다른 부서의 일까지 모두 섭렵했고, 이후 회계처 전체의 업무를 파악하고 커버할 줄 아는 능력을 갖추게 되었다. 3개월도 못 버틸 거라는 주변의 시선은 '미스터 김 근무 평가 1등'이라는 소식 앞에 모두 무너져 내렸다. 근무 평가 우등상은 10년 이상 매회 김승준의 차지였다.

"그때부터 리더의 자질이 생겼나 봐요. 의무감에서 시작했는데 결과적으론 좋은 결과물이 나왔고 그게 나 자신에게도 큰 영향을 미쳤어요. 이따금씩 주변 사람들은 그게 머리가 똑똑해서, 운이 좋아서 된 것 아니냐고 말해요. 그 두 개만으로 가능한 일이 세상에 어디 있겠어요? 뭘 몰라서 하는 소리죠."

다른 건 몰라도 이것만은 확실하다. 남들이 놀 때 일에만 매달리고 남들이 일할 때 곱절로 일에만 매달린다면 결과는 단연 성공적일 것이다. 김승준이 훌륭한 샘플이었다. 평상시는 물론 출장을 나갈 때도 내내 그의 브리프 케이스엔 영영사전, 한영사전, 영한사전, 국어사전 4권이 전쟁터에 나가는 군인의 총알처럼 깊숙이 박혀 있었다. 치열했던 직장 생활에 대한 기억을 실로 오래간만에 입 밖으로 꺼내놓았다는 듯 김승준의 얼굴엔 연신 화색이 돌았다. 쉼 없이 기억을 끄집어내던 김승준은 사령관과의 뜻밖의 만남을 이야기하려던 중 잠시 숨을 가늘게 내뱉으며 흥분한 마음을 다잡는 듯 보였다.

　　"우수 직원 위주로 선정해서 1년간 교육을 받았는데 내가 거기에 속했어요. 교육 다 이수하고 졸업식도 마치고 며칠 휴가 갔다가 출근을 했는데 갑자기 사성장군이 나를 보자는 거예요. 나 같은 직책에선 별 4개짜리 장군을 만날 기회가 전혀 없거든요. 뭔가 이상하다 싶었죠. 뭔가 큰 잘못을 했나 보다 생각하고 사성장군 방문을 노크했어요. 문을 열고 들어서자 장군이 문 뒤에 숨어 있다가 '콩그레츄레이션(Congratulations)'이라고 소리치며 내 앞에 짠 하고 나타난 거예요. 알고 보니 졸업생 중에 내가 최우수 교육생으로 뽑힌 거였어요. 사실 미국방성 고급직 대상 'DoD School' 교장이 사성장군에게 친필을 보내 김승준의 최우수 졸업 사실을 알리고 특별히 치하해달라고 했다더군요. 그런데 나보다 사성장군이 더 감동을 받고는 직접 축하해주려고 불렀던 거지요. 참 고마웠어요. 그간 일에만 매달려 최선을 다해 살아온 삶을 보상받는 기분이었지요. 타의든 자의든 수고로움이 가득한 삶이었으니까요."

문 뒤에 숨었던 사령관이 지금 눈앞에 다시금 나타난 것처럼 김승준의 코끝이 빨갛게 달아올랐다. 누가 보지는 않을까 재빨리 안경을 벗고 눈물을 훔쳤다. 사령관의 권유로 고급 장교 몇백 명을 불러 모아 특강을 하고 큰 호응을 얻었던 그때 그 장면은 지금 생각해도 여전히 가슴 뭉클한 감동 그 이상이다. 김승준이 회계처 부처장까지 지내고 은퇴할 수 있었던 데에는 이유를 막론하고 뭐든 척척 해내는 불굴의 의지가 바탕이 되었을 게다.

왼손엔 당근을
오른손엔 채찍을 들다

이전에 없던 새로운 것이 출현하면 가능성은 불가능성 앞에 좌절하기 마련이다. 애플봉사단 의정모니터팀을 결성했지만, 이들이 직접 지방의회 회기 현장에 방문하여 근거리에서 모니터를 하는 일이 과연 가능한 것인지, 가능하다 해도 이것을 지속적으로 이어갈 수 있을지에 대해서는 긍정적인 생각보다 부정적인 견해가 앞선 상황이었다.

"부산에서 한 번 시도한 적이 있다고 하더군요. 교수들이 모여서 의정 활동 모니터를 한두 번 했는데 큰 성과를 이루지 못하고 흐지부지되었다고 들었어요. 우리가 서울에선 처음으로 전국에선 두 번째로 시험대에 오른 거예요."

그 옛날 불굴의 의지가 다시금 필요한 시기였다. 의정 활동에 무관심한 지역 주민의 흥미를 끌어내기만 한다면 반드시 의원들의 인식 변화도 더불어 찾아올 거란 굳건한 믿음이 김승준에겐 있었다. 인식의 변화는 지방의원들의 의정 수행 역량을 배가하고 지방의회 운영 수준 향상을 촉진할 테고, 그러면 의원 스스로가 진정으로 주민을 위한 일이 무엇인지 알고 실천할 수 있도록 자극하는 게 어렵지 않을 거라 판단했다.

"참고 모델이 없었으니 문서며 체계며 다 터를 닦아야 했어요. 지방의회 의정 활동 모니터 기록지와 지방의회 모니터 종합의견서 양식은 이때 다 만들어진 거예요. 맨 처음 종합의견서를 정리하는 데 일주일을 온통 소비했고 때론 밤잠까지 반납하며 몰두해야 했지요."

애플봉사단을 나타내는 빨간색 유니폼 조끼를 입은 김승준은 의정모니터 팀원들과 함께 강남구의회 회기 때마다 빠짐없이 참석해 모니터 활동을 활발히 이어나갔다. 의원 발언 요점, 칭찬할 점, 시정할 점이라고 적힌 기록지의 빈칸마다 의원들의 의정 활동 내역을 빼곡히 기록하는 일에도 열심이었다. 각각의 기록지에 적은 내용은 하나로 합쳐 통계와 총평을 거친 뒤 종합의견서로 만들고, 강남구의회 홈페이지를 통해 지역 주민이 열람할 수 있도록 했다. 김승준이 참고자료로 보여준 제226회, 제227회 임시회 종합의견서를 들여다보니 강남구의회 의장의 개회사를 시작으로 구정 질문과 안건 처리 결과, 여러 번에 걸친 자유발언 등이 차례로 나열되어 있고, 마지막 장은 열린의정봉사단의 차지였다. 지방의회에 관한 봉사단의 의견이 개진되어 있고 이와 같은 내용이 사실임을 증명하듯 70여 명의 봉사단 이름이 차례로 적혀 있었다. 지역 주민이 열람해서 읽어본다면 쉽게 이해가 될 만큼 칭찬할 점과 시정할 점이 구체적으로 나열되어 있었다.

•칭찬할 점

OOO 의원: 강남구를 찾는 외국인을 위한 미흡한 영문 홍보 운영 실태 지적 및 홍보 효율화를 위한 홈페이지 활성화 방안 제시. 외국인 관광 홍보 전담팀을 통합적으로 운영하면 어떨까 하는 의견도 있었습니다.

OOO 의원: 악성 체납 세금의 적극적 추징으로 구의 재정 확보. 의회의 아이디어와 집행부의 적극적인 실행이 돋보입니다. 의회와 집행부 간 소통에 박수를 보냅니다.

OOO 의원: 개포지구 택지개발 사업 추진 주민숙원사업에 대해 공정하고 투명하게 발언한 점 좋았습니다.

•시정할 점

OOO 의원: 미흡한 구정 질문 준비에 대한 아쉬움

OOO 의원: 구청장 간 지양해야 할 경직된 언행

의원 전체: 일부 안건 처리 과정에서 지양할 경직된 언행

주변의 부정적인 소리에 두 귀를 닫은 채 3개월간 꾸준히 의정모니터 활동을 실행한 결과, 지방의원들 사이에 인식의 변화가 찾아들기

시작했다. 오직 감시와 비난만 난무할 거란 예상과 달리, 칭찬과 시정이 적절하게 진행된다는 점에서 의원들이 반색할 만한 요소가 충분했다.

"시작할 때 분명히 언질을 했어요. 우리 활동을 반대하는 의원들에게 이건 또 다른 기회일 수 있다고요. 우리한테 칭찬받으면 이 말이 지역 주민에게 곧장 전해질 테고 당신이 시간과 돈을 허비하지 않아도 자연스럽게 홍보가 되는데, 이보다 더 훌륭한 홍보 수단이 어디 있겠냐고 말이지요. 시간이 지나고 나자 그 말을 이해하는 눈치더군요. 우리 봉사단에서 제안한 구정 질문 방식을 '일괄질문 일괄답변'에서 '일문일답'으로 조례 개정하는 사례까지 낳았으니까요."

강남구의회 홈페이지에 올라온 종합의견서의 업데이트 양이 늘어갈수록 강남구 주민의 관심도 예상을 뛰어넘는 결과를 가져왔다.

"가장 중요한 건 조회수예요. 애초 500회만 넘으면 소원이 없겠다 싶었는데 어느 날 보니 한 종합의견서 조회수가 무려 1,200회를 기록한 거예요. 이후 새로 업데이트된 자료뿐 아니라 오래된 자료의 조회수도 무한 상승 곡선을 달렸지요. 그만큼 의정 활동에 대한 주민들의 관심이 높아졌고 변화하고 있다는 증거였어요."

어느 순간 천 명이 넘는 지지자를 얻은 김승준은 세상을 다 얻은 것처럼 행복감에 빠져 있었다. 봉사단의 입지는 한층 견고해졌다. 김승준의 어깨엔 이전보다 더 강력한 책임의식이 자리했지만 그다지 큰 걱정거리는 못 되었다. 이전보다 더 열심히 하면 된다는 생각이 크게 작용했기 때문이다. 어느새 애플봉사단 의정모니터팀의 경력은 3년차에 접어들었고, 누가 보더라도 안정권에 접어든 시점임이 분명했다. 그런데 그때 김승준에게 뜻밖의 소식이 전해졌다. 애플봉사단 해체 소식이었다.

나는 절대 의정모니터 활동을
끊을 수 없습니다

오전에 시작한 대화는 점심시간이 지나도록 계속되었다. 한산했던 카페의 모습은 온데간데없이 사라지고 점심식사 후 커피 한 잔의 여유가 필요한 직장인들로 인산인해를 이뤘다. 김승준의 작은 목소리는 카페의 시끄러운 잡음과 뒤섞여 끊어졌다 이어지기를 반복했지만, 봉사단 해체를 이야기하는 대목에선 다분히 격양되어 있었다.

"사회복지공동모금회에서 3년간 지원을 받았는데 그게 종결된 거예요. 상황이 그렇다 보니 복지관에서도 못하겠다고 손을 든 거지요. 그 전에 복지관에선 지원이 종결된다 해도 외부 지원 없이 계속 할 거라고 안심을 시켜놓은 상황이었어요. 갑자기 담당자가 만나자고 연락을 해오더니 못하겠다고 하는데 참 이 상황을 어떻게 받아들여야 할지 난감하더군요."

낙담해하는 김승준에게 담당자는 복지관 소속의 봉사단 총괄 업무를 맡아줄 것을 제안했다.

"일언지하에 거절했어요. 애플봉사단처럼 현장에서 함께 뛰면서 총

괄하는 게 아니었어요. 행사 있을 때 나와서 인사 한마디하고 가끔 회의 있으면 참석하고. 그런 단장 역할은 대외적으로 인격만 갖춰져 있다면 누구나 할 수 있는 일이라고 생각했어요. 담당자는 끝까지 나를 붙들고 사정했지만 나는 절대 의정모니터 활동을 끊을 수 없다고 말했죠."

단장 선거 때 공약으로 제시했던 '초심을 잃지 않겠다'는 김승준의 선언은 시간의 살이 덕지덕지 붙어 초심 그 이상의 확고한 의지로 불타고 있었다. 그가 항상 잊지 않고 되새기는 일화가 하나 있다.

"한번은 복지관에서 애플봉사단 전용 게시판을 읽으며 주민 의견을

파악하고 있었어요. 응원해주는 글이 많아서 흐뭇한 기분으로 하나하나 클릭해 보고 있었지요. 왜 빨리 안 올려주느냐는 반가운 독촉도 있을 정도였죠. 그때 누군가 뒤에서 나를 콕 찌르기에 뒤를 돌아봤더니 자신은 강남구 어느 동네에 사는데 '우리 동네 의원 발언은 언제 합니까?'라고 묻는 거예요. 그 의원의 발언은 몇 주 뒤에 시작될 거고 의회 마치면 홈페이지에 게재될 거니까 조금만 기다리라고 답했어요. 그때부터 무슨 일이 있어도 이 활동을 놓지 말아야겠다고 다짐하게 되었지요."

애플봉사단장 직함에서 벗어나 잠시 자유로웠던 김승준은 2010년 1월 1일부로 의정모니터 활동을 함께했던 시니어 몇몇과 의기투합해 새로이 봉사단을 꾸렸고, 단체 명칭을 열린의정참여봉사단(2011년부터 열린의정봉사단이라는 명칭으로 변경해 사용하고 있다)이라 정했다. 아무런 제약 없이 훨훨 날 수 있는 날개가 두 어깨에 생겨난 셈이었다. 자유를 얻은 만큼 불투명한 미래 또한 김승준이 해결해야 할 몫이었다.

"이미 3년간 기반을 튼튼하게 닦았기 때문에 우리 봉사단 출범이 그리 어려운 일만은 아니라고 판단했어요. 여태껏 하던 대로만 한다면 승산 있는 게임이라 생각했죠. 가장 중요한 자금 지원에 대해서는 우선 스폰서가 생길 때까지 단원들의 회비를 모아 빠듯하게나마 운영해보자고 입을 모았죠."

김승준의 첫 행보는 봉사단 임원들을 이끌고 강남구의회 의장을 찾아 나선 것이었다. 열린의정봉사단의 출범을 널리 알리기 위해서였다.

"카페로 자리를 옮기기 전 마지막에 나한테 인사를 건네던 사람 기억나요? 그 사람이 의장으로 있을 때였어요. 우리가 상견례 자리를 청했을 때 아주 얼떨떨해하더군요. 대부분의 의원들이 우리 힘만으로 시작할 거라곤 꿈에도 생각하지 못했을 테니까요."

두 번째 행보는 애플봉사단 소속임을 밝히기 위해 입었던 빨간색 조끼를 벗어버리는 것이었다. 그 대신 의원 못지않은 격식을 갖춘 단정한 정장 차림을 규칙으로 내세웠다. 매 회기 때마다 김승준이 댄디보이 패션 스타일을 고수하며 센스를 발휘한 것도 그때부터였다. 복장 말고도 지켜야 할 규칙이 하나 더 있었다. 개인의 정치적 성향을 단원들 사이에서 절대 밝히지 않고, 종교에 대한 것도 가급적 드러내지 않으며, 혹여 드러나더라도 강요하지 말아야 한다는 것이었다.

"개개인마다 밝히진 않아도 다 지지하는 정당이 있고 의원이 있어요. 근데 우리가 하는 일은 정당이나 의원 개인적인 것과는 전혀 상관이 없잖아요. 서로의 색깔을 드러내서 괜한 오해나 불편한 상황을 만들어선 안 될 것 같았어요."

당장은 소박한 살림이지만 먼 미래를 내다보며 사무국, 홍보팀, 연수분과 등 조직도의 기틀을 잡아나가는 것이야말로 중요한 행보 중 하나였다. 전국적으로 의정모니터 활동이란 새로운 영역을 알리며 필요성을 역설하는 홍보도 잊지 않았다. 그 결과 전국의 여러 노인복지관에서 열린의정봉사단이 하는 일에 관심을 표출해왔고 강의 요청이 잇따랐다. 어느 정도 성공의 향방이 확실시되는 듯했다. 한동안은 그럴 거였다.

몸집 커진 봉사단 앞에
작아진 김승준

　김승준이 체감하기엔 강의가 진행될 때와 끝난 뒤의 분위기는 극과 극을 달렸다. 강의 내내 야단법석을 떨며 지극히 높은 관심을 보이다가도 실제 봉사단에 도전하려는 이는 그리 많지 않았다. 모순처럼 느껴지는 이 상황이 김승준에겐 못내 씁쓸하게 다가왔고 풀어야 할 숙제로 남았다.

　"눈치를 보는 거예요. 말로는 참여하겠다고 하지만 막상 하려면 의원들을 의식 안 할 수가 없다는 입장인 거예요. 자신들이 찍힐까 봐 두려운 거예요. 우리 봉사단도 처음엔 마찬가지였어요. 의원들 눈치 보는 사람들이 더러 있었으니까요. 근데 난 한 번도 그런 생각을 해본 적이 없어요. 눈치 보는 사람들이 오히려 이해가 안 되더군요."

　어쩌면 선진사회에서의 오랜 조직 생활이 김승준에게 선사한 새로운 시각일 수 있었다. 인간관계의 좋고 나쁨을 떠나 자신의 뜻을 확고하게 내세울 줄 아는 정신이 그 누구보다 강한 김승준이었다. 학연, 지연이나 정에 의해서 상황을 판단하는 건 김승준에겐 결코 있을 수도 없는 일이었다. 강남구를 벗어나 다른 지방의회에서 열린의정봉사단이 기반을 닦으려면 어느 정도 시간이 필요해 보였다.

　"구청장의 성향이 참 중요해요. 사회적 흐름을 제대로 간파할 줄 알아야 하는데 그걸 잘하는 구청장이 있지만 또 그렇지 않은 사람도 많아요. 오늘 회기 때 보셨죠? 구청장이 의원석이 있는 앞문으로 들어가지 않고 우리 봉사단 좌석이 있는 뒷문으로 들어와서 우리한테 먼저 인사를 하고 악수를 청했던 것 말이에요."

그랬다. 신연희 강남구청장은 김승준뿐 아니라 봉사단 한 명 한 명과 반갑게 인사를 나누고 격려하는 것도 잊지 않았다. 김승준과는 몇 마디 대화가 이어지기도 했다. '관찰받는 자, 관찰하는 자'로 양분될 수 있는 두 리더의 관계가 꽤 자연스러워 보인 건 사실이었다.

"오늘은 구청장이 의회 시작할 때 등장했지만 매번 우리를 보러 일찍 와서 본회의장 앞에서 얘기를 나누곤 해요. 활동 초기엔 구청장이 우리 활동을 환영해주진 않았어요. 한데 어느 순간 바뀌더군요. 판단이 제대로 작용한 거라 볼 수 있어요. 구청장이 먼저 우리에게 손을 내미니까 다른 의원들도 구청장이 하는 것처럼 똑같이 대하더군요."

지역사회의 변화는 계속해서 이어졌다. 2011년 한 해에만 서울과 경기 등지의 타지방 예비단원들에 의해 서울 동대문구, 은평구, 용산구 등 6개 신규 봉사단 출범이 이루어졌다. 그해 12월 12일 서울강남봉사단을 주축으로 '열린의정봉사단중앙회' 창립총회가 개최되면서 각 지방 봉사단 간의 원활한 교류 및 교육 연수, 전문화된 지방봉사단의 출범 지원 등을 위한 중앙조직의 틀을 갖출 수 있게 되었다. 김승준은 강남봉사단 단장에 이어 중앙회장이란 타이틀을 하나 더 붙였다.

"반응이 다 똑같아요. 해보니 그 중요성을 알겠다는 거예요. 이게 왜 필요한지, 왜 전국적으로 널리 퍼뜨려야 하는지 이해하겠다는 반응이 주를 이루더군요. 자신의 역할로 인해 주민의 인식도 바뀌고 의원들의 의정 활동에도 변화가 찾아오니 봉사자들 입장에선 실로 반가운 일이 아닐 수 없었겠죠."

　2014년 8월 현재 열린의정봉사단은 2011년에 이어 부산지구에 5개 지방단을 추가했고, 10개 추진단이 출범을 기다리고 있는 상태이다. 2010년 열 명 남짓으로 시작한 단원 수는 현재 전국에 걸쳐 200여 명 으로 확장되었다. 특히 은퇴한 시니어들이 주축이 되어 운영해오던 봉 사단의 성격을 주니어로 확장시킨 것은 열린의정봉사단의 성격을 바꾼 큰 변화였다.

　"일부러 의도한 건 아니었어요. 대학생들이 우리 일에 대해 인지하

고 먼저 연락을 취한 거예요. 참여할 수 있게 기회를 달라면서요. 봉사단의 방향이나 성격이 변질될까 봐 처음엔 우려하는 목소리가 높았던 것도 사실인데 달리 생각해보니 젊은 감각이 합쳐지면 시너지 효과가 나지 않겠나 싶더군요. 주니어 멤버의 경우 학교 수업만 없으면 회기 때마다 꼬박꼬박 참석하는데 의회를 바라보는 것도, 모니터 기록지에 적는 것도 아주 예리해요. 서로 배우고 있는 셈이지요."

이제 김승준의 인생에서 칠십 중반에 접어든 나이도, 아내와 꿈꿨던 세계일주도, 제2의 인생을 위해 준비한 야생화연구소도 고려 사항이 되지 못한다. 의정 활동 봉사에 파묻혀 보낸 7년이란 세월의 깊이는 이 모든 것을 잊게 만들 만큼 강력했다. 이 넘치는 파워를 느꼈다는 듯이 여기저기에서 수상 소식이 들려왔다. 그의 입장에서는 그저 기뻐할 수만은 없었다.

"오세훈 서울시장 시절에 '서울특별시장표창상'을 받았는데 그게 가장 기억에 남아요. 서울시에서 사회 유명인사 28명을 선정하고 서울특별시장 직할 서울특별시 노인정책전략그룹 위원을 위촉하는 자리였는데 변호사, 대학총장, 유명 배우 사이에 내가 끼게 된 거예요. 나는 전문 분야가 아니니까 처음엔 거절했죠. 근데 글쎄 그쪽 관계자가 하는 말이 28명 중에 내가 제일 중요하다지 뭐예요. 알고 보니 시민 대표로 추천이 된 거였어요. 행사 내내 시장 바로 옆 좌석에 앉아서 스포트라이트를 받았어요. 그때 생각했죠. 벼는 익을수록 고개를 숙이는 법이라고요. 더 고개를 숙이고 더 공부에 매진하고 더 열심히 활동하는 게 중요하게 느껴졌어요. 그때부터 어떠한 일에 대해서든 결과에 크게 개의치 않는 평정심을 갖게 되었지요."

지난 6월 임원회의 때 한 임원이 김승준에 대해 했던 말이 불현듯 떠올랐다. 이리저리 치우치지 않는 성격의 김승준을 두고 한 말이었다.

"단장님에게 어울리는 종교가 있다면 그건 아마 중도(中道)일 거예요. 중도."

이제는 목숨처럼 지키는
봉사라는 '약속'

"나는 이제 그만하고 싶어요."

늦은 점심을 해결하기 위해 식당을 찾았다. 주문한 된장찌개가 어서 빨리 당도하기를 고대하고 있을 때 김승준의 입에서 뜻밖의 문장이 흘러나왔다. 제때 끼니를 챙기지 못해 위가 텅 비어 허기진 탓이었을까.

"한번은 이런 적이 있었어요. 이제 단장 자리를 물려줘야 하지 않겠나 싶어 내 후임이 될 사람을 모시겠다고 말했더니 난리가 난 거예요. 다들 말도 되지 않는 소리라고 못 박으며 절대 찬성할 수 없다는 입장이었지요. 하지만 내가 언제까지 이 자리에 있을 수만은 없지 않겠어요? 후배를 키워내는 것도 내게 맡겨진 중책 중 하나일 테니까요."

한국말은 끝까지 들어볼 필요가 있다. 김승준은 열린의정봉사단의 더 큰 발전을 위해 자신의 자리를 얼마든지 내어줄 생각을 갖고 있었다. 그가 단장에서 물러난다면 그건 포기가 아니라 변화일 것이다. 그것도 아주 강력한 긍정적인 변화 말이다.

"단원들이 반대한 이유에는 나에게 의지하는 부분도 없지 않겠지만 아무래도 안정적인 틀이 아직 마련되지 않았다는 점이 크게 작용했을 거예요. 전국화하겠다는 원대한 목표도 아직 시작 단계에 불과하고, 자금 확보나 지원비도 마찬가지고요. 봉사단 출범과 함께 외부 지원 없이 줄곧 단원들의 회비에 의존해 운영하다 보니 재정적 어려움이 있었죠. 올해 들어 후원사를 두 곳 확보해서 기부금을 받고 있지만 그것이 제대로 정착되었는지 여부는 시간을 두고 지켜볼 필요가 있어요."

지금까지의 변화를 현실에 정착시키는 게 김승준으로서는 시급한 과제일 것이다. 특히 열린의정봉사단 사무실 개소와 자금 확보를 위한 국고 지원 신청은 빠른 시일 내에 매듭지어야 할 일이며, 단원들이 초심을 잃지 않도록 참여의식을 한 단계 끌어올리는 것도 중요한 숙제다.

"봉사단 가입을 희망하는 사람들에게 늘 두 가지를 물어봐요. 하나는 '초심을 잃지 않을 수 있느냐'이고 다른 하나는 '지속적으로 할 수 있느냐'예요. 기본이 가장 중요한 법이에요. 단장의 욕심일지는 몰라도 단원 모두가 이 일을 우선순위로 생각해준다면 좋겠어요. 하나 더 욕심을 부린다면, 봉사의 본래 뜻 그대로 임해준다면 좋겠어요. 자신의 과업으로 삼고 열심히 하는 단원들이 대부분이지만 더러는 시간 때우기로 활용하는 사람도 있으니까요."

봉사의 사전적 의미는 '국가나 사회 또는 남을 위하여 자신을 돌보지 아니하고 힘을 바쳐 애씀'이다. 김승준이 말하는 봉사의 본래 뜻은 이와 크게 다르지 않다. 봉사가 봉사로서 제 힘을 발휘하려면 그의 말마따나 가장 기본적인 것에서 가장 투철한 정신과 용기를 발휘해야 하는 게 당연하다. 그러나 초심이 초심을 넘어선 지금 김승준에게 봉사는 그 이상의 형태로 자리하고 있음이 자명해 보였다. 한데 김승준은 그것을 쉽사리 말로 표현해내지 못하고 머뭇거리기만 했다. 그때 갑작스레 아들 이야기가 이어졌다.

"애플봉사단으로 활동하던 때였어요. 의회 회기에 참석 일정이 잡혀 있던 날이었지요. 한데 그날 새벽, 그러니까 2007년 12월 1일 새벽에 위급한 전화 한 통을 받았어요. 미국에 체류하고 있던 둘째 아들의 비보를 접한 거예요. 출장 도중 교통사고로 사망했다는 믿을 수 없는 소식이었어요. 당장 미국 현지로 달려가야 했어요. 하지만 그날 아침 의회 모니터 활동 계획으로 단원 소집을 공지한 터여서 고심 끝에 아들의 사고 소식을 숨기고 평소처럼 일정을 소화했지요. 순간순간 비틀거리기도 하고 평소와는 얼굴빛이 달라 보였던지, 복지관 담당자가 '무슨 일 있느냐'며 심각하게 묻더군요. 외국에 있는 둘째 아들이 입원했다는 연락을 받았다고만 말하고 안심시켰어요. 그날 이후 복지관 담당자는 물론이고 단원 모두가 아들의 경과에 대해 재차 물었어요. 허심탄회하게 사실대로 말하는 게 좋을 것 같아 전체 단원회의에서 이야기를 했더니 다들 놀라움을 금치 못하더군요. 그렇게 심각한 상황이었다면 차라리 그날 바로 알려서 일정을 취소하고 사고 수습을 해도 되지 않았겠느냐는 얘기였어요."

누구라도 단원들처럼 반응했을 것이다. 이토록 충격적인 상황에서 어찌 흔들리지 않고 자신의 일을 할 수 있단 말인가.

"참석하겠다고 약속한 거잖아요. 약속을 지켜야 했어요. 그것뿐이었어요."

그것뿐이었다는 말은 그것이 그에게 전부였다는 말처럼 들렸다. 비로소 김승준이 선뜻 말하지 못한 봉사 그 이상의 형태가 어느 정도 머릿속에 그려지는 듯했다. 그리고 오랫동안 머릿속을 맴돌았다. 무더기 선거법 위반, 재보선 선거 예상 등 후폭풍을 맞은 6·4 지방선거만큼이나 인터뷰의 여운은 꽤 오래 지속되었다.

인터뷰어 | 추효정

당신과 나

음악으로 하나되는

/ 여섯번째

행복은 당신이 무엇을 가지고 있고

무엇을 받느냐에 있는 것이 아니라

무엇을 나눌 수 있느냐에 달려 있다

이

건

실

어떻게 사는 삶이 진정 행복한 삶인가. 일평생 인간을 따라다니며 묻고 또 묻는 질문이지만 은퇴를 앞둔 이건실에게 이 질문의 깊이는 이전과 달랐다. 문장에 담긴 의미도 달랐고 그만큼 대답도 다른 것이 어야 했다. '내가 가진 것 모두를 훌훌 털어버리면 그 답을 얻을 수 있을까요?' 그는 하늘에 대고 물었다. 그리고 곧장 실행에 옮겼다. 음대 교수로 한평생 음악가의 삶을 살아온 그에게 가진 것이라곤 오로지 음악에 대한 열정 하나뿐이었다. 그리고 30년 넘게 자신이 몸담고 살던 목포 지역사회에 그의 음악적 재능을 고스란히 헌납하기에 이르렀다. 목숨 다하는 날까지 지역 주민과 함께 자신의 재능이 활활 불타오르기를 그는 고대하고 또 고대한다.

아날로그여
영원하리

주소를 말해주면 간단할 것을 수화기 너머 이건실은 주변 건물 이름만 연거푸 말하고 있었다. "택시기사한테 하당 외환은행 뒤편이라고 말하세요. 하당 외환은행 뒤편, 아셨죠? 못 알아들으면 목련아파트를 붙이세요. 목련아파트! 백이면 백 다 알아들을 겁니다." 목포에선 이게 훨씬 간단한 방법이라는 듯 이건실의 목소리가 오른쪽 귓가를 쩌렁쩌렁 울려댔다. 우렁찬 목청에서 쏟아져 나온 문장은 메모할 새도 없이 순식간에 머릿속 한가운데 콕 박혀버렸고, 목포역에 도착해 택시를 타자마자 토씨 하나 틀리지 않고 머릿속 문장이 입에서 술술 흘러나왔다. 운전기사는 곧장 행선지를 향해 핸들을 조준했다.

"큰 도로에서 좁은 골목길 방향으로 접어들면 거의 다 도착했다는 신호예요." 이건실의 내비게이션은 한 치의 오차도 없이 딱딱 들어맞았다. 골목길로 접어든 택시는 얼마 안 가 멈춰 섰고, 마주 바라본 지점엔 낡은 골목길 분위기와는 사뭇 다른 멋스러운 3층짜리 빨간색 벽돌 건물이 자리하고 있었다. 층별 안내에 따라 '카리타스 새암스토리'가 위치한 2층으로 올라가 작업실 문을 노크하자 "네, 들어오세요"라는 우렁찬 목소리가 저 안에서 들려왔다. 맞게 찾아온 모양이었다.

인자한 이미지를 풍기지 않을까 했던 애초 예상과는 달리 이건실의 첫인상은 카리스마 넘치는 호랑이 선생님 같았다. 그렇지만 보이는 이미지가 전부는 아니라고 그는 속삭이는 듯했다. 1960년대 경희대 음대 재학 시절부터 아르바이트 삼아 아이들을 가르쳐온 그는 대학을 졸업한 뒤 피아노학원 원장으로, 시간강사로, 대학교수로, 재능 나눔 음악 강사로 살아왔다. 인생의 9할은 음악 선생님 명함 붙이며 살아온 그였다. 그러니 스승으로서의 그의 이미지를 첫인상 하나로 판가름하는 건 옳지 않을 수 있었다.

"녹음을 하려면 음악을 꺼야겠군요. 아니 볼륨을 약하게 조정하는 게 좋겠네요. 음악이 없으면 지루하게 느껴질 수도 있을 테니까요."

음악 감상에 할애하느라 하루 24시간이 부족하다고 느끼는 이건실은 듣던 대로 음악에 죽고 못 사는 열정 가득한 음악인이었다. 작업실 벽면 전체를 빼곡하게 채우고 있는 CD, LP, DVD, 비디오테이프, 음악 서적 등 젊은 시절부터 수집해온 1만여 개의 음악 자료는 굳이 듣지 않고 보기만 해도 절로 흥이 날 것만 같았다. 널찍한 테이블과 낡은 소파, 축음기와 턴테이블, 고급 음향기기 등이 조화롭게 차려진 작업실 내부는 그야말로 아날로그 시대의 음악 감상실을 방불케 했고, 노트북 같은 디지털 기기는 아예 구경도 할 수 없었다. 평상시 인터넷을 잘 하지 않아 인터뷰 질문지를 이메일로 받아볼 수 없다던 그의 말이 그제야 납득이 가는 찰나였다.

"모든 음악은 자료가 말해주는 거지요. 제자들에게는 말 열 마디보다 참고자료 한 개가 훨씬 효과적이에요. 그러니 아무리 세상이 디지털 시대로 바뀌었다고 해도 이런 아날로그적 감성의 음악 자료를 얼마만큼 보유하고 있느냐에 따라 선생의 자질이나 열정도 판가름 나는 법이지요. 처음엔 내 욕심 채우려고 하나둘 모으던 것이 어느 순간 아이들을 가르치기 위한 수단으로 쌓여가더군요. 평생 내 목숨과도 바꿀 수 없는 커다란 재산이 되었지요."

어느 것 하나 소중하지 않은 것이 없다. 레슨비 몽땅 털어 저 CD를 손에 넣던 날, 저 카세트테이프를 사고 버스비가 없어 청량리까지 걸어가면서도 콧노래가 절로 나왔던 기억, 저 LP를 사기 위해 점심을 걸러도 마냥 행복하기만 했던 때, 오스트리아 빈 국립음대 재학 시절 운 좋게 발견한 빈티지 턴테이블을 사고 세상 그 무엇도 부러울 게 없었던 순간 등 이야기보따리는 끝없이 이어졌다.

"여기서 하이라이트는 바로 저거예요. 저기에 꽂힌 두꺼운 레코드 책 보이시죠? 오스트리아의 유명한 피아니스트 아르투어 슈나벨(Artur Schnabel)이 연주한 베토벤 소나타 전곡 레코드예요. 피아노 소나타 32개가 담겨 있는데 아주 기가 막힙니다. 1945년에 만들어진 슈나벨의 연주 레코드는 거의 자동차 한 대 값 맞먹을 거예요. 값어치를 떠나 구하고 싶어도 구할 수 없는 아주 귀한 자료지요. 이게 내 손에 들어온 것 자체가 행운이었어요."

이건실은 칠십 평생 가까이 되는 인생 이야기가 고스란히 담긴 귀하디귀한 자료며 장비를 지역사회에 헌납하여 생을 마칠 때까지 주민들과 함께 아름다운 음악을 공유하겠다고 나섰다. 은퇴를 앞두고 내린 결정이었다.

"더 늦기 전에 세상에 진 빚을 갚아야 했어요."

빚진 자의 빚 갚음은 시련이 오히려 약이 되면서 찾아왔다.

잃어야 비로소 채워지는
삶의 진리

시련은 한꺼번에 들이닥쳤다. 오랫동안 이건실을 괴롭혀왔던 당뇨는 해를 거듭할수록 악화일로를 치달았고, 허혈성 심장질환을 앓던 어머니는 2000년 세상을 떠났다. 일찍 아버지를 여의고 무매독자로 홀어머니 밑에서 성장한 그에게 어머니란 말로 표현하기 어려울 만큼 각별한 존재였다.

"하늘이 무너져 내리는 심정이 어떤 건지 비로소 깨닫는 순간이었지요. 어리석은 아들놈이 늙은 어미에게 얼마나 의지하며 살아왔는지 어머니의 죽음 앞에서 깨우치고 난 뒤 하루하루가 고통의 나날이었어요. 어머니의 죽음을 쉽사리 받아들일 수 없었어요."

어린 시절부터 또래에 비해 감수성이 예민하고 남다른 음악적 재능을 나타내던 그였다. 초등학교 교사였던 어머니는 빠듯한 살림에도 불구하고 하나뿐인 아들의 재능을 위해 전폭적인 지원을 아끼지 않았다.

"60년대만 해도 남자가 음악 한다고 하면 어른들이 흔히 굶어 죽기 딱 좋다고 말하던 시절이었지요. 게다가 대학 나와서도 음악으로 먹고 살려면 소위 돈과 빽 없이는 감당하기 힘들었어요. 내세울 것 없는 전라도 익산 촌놈이 서울에 있는 음대 들어가겠다고 익산에서 서울까지 전기기관차 타고 다니면서 피아노 레슨 받고 하루 종일 피 터지게 연습에만 매달리고 그랬죠. 어려웠던 그 시절, 모든 게 다 어머니 덕분이었어요."

경희대 음대 입학 후 줄곧 서울 생활을 이어가던 그가 목포대학교와 연을 맺게 된 것도 익산에서 목포로 터를 옮겨 생활하고 있던 어머니의 영향이 컸다. 음대 교수가 되어 제자들을 훌륭히 키워내야겠다고 다짐하게 된 것도 한평생 교육자로 살아온 어머니의 삶이 그에게 준 영향이었다.

"어머니를 목포대 바로 옆 산소에 모셨어요. 그러곤 하루도 빠짐없이 매일 아침, 점심, 저녁때마다 인사를 드리러 찾아갔어요. 어머니 보시라고 산소 옆에 예쁜 꽃밭도 만들고요. 어머니가 세상을 떠났다는 사실을 한동안 절대 현실로 받아들일 수 없었나 봐요."

그러는 사이 이건실의 건강은 날로 악화되었다. 당뇨도 당뇨지만 심장에 문제가 생겨 대수술이 시급한 상황이었다. 서울 큰 병원에서 심장수술을 성공적으로 마친 그는 의식을 회복하자마자 가장 먼저 '어떻

게 사는 삶이 진정 행복한 삶인가'를 심각하게 고민하기 시작했다.

"그때 장기 기증을 신청했어요. 이걸 하면 고민의 답을 찾을 수 있을 것 같았거든요."

늘 몸에 지니고 다닌다는 장기 기증 카드를 낡은 가죽 지갑 안쪽 포켓에서 꺼내 보였다.

"죽으면 그저 썩을 뿐인 육신이잖아요. 장기 기증을 하면 환자 8명을 살릴 수 있다고 하더군요. 이 얼마나 좋은 일입니까? 이 얼마나 감사한 일입니까?"

2005년 9월 28일 장기 기증 신청을 완료하고 나자 그는 인간이 추구하는 모든 욕심에서 자유로워지는 이상야릇한 기분을 느꼈다. 물욕도, 소유욕도, 장수에 대한 염원도 이젠 더 이상 그의 것이 아니었다. 새로운 세상이었고 새로운 삶이었다.

무릇 음악이란
함께 즐겨야 제맛이지

시간이 흘러 어느 정도 건강을 회복한 이건실은 새로운 삶에 대한 밑그림을 그려나가기 시작했다. 그 무렵 8년간 매일같이 어머니 묘를 왕래하던 일을 그만둔 상태였다.

"어느 날 지인이 그러더군요. 하늘나라에서 편히 눈감으실 수 있게 이제 그만할 때도 되었다고 말이지요. '아, 내 입장만 생각한 이기적인 행동이었구나' 하고 자책했어요. 그때 비로소 어머니를 저세상으로 편안하게 보내드렸죠. 이 땅에서 어머니께 진짜 작별을 고한 셈이었어요."

여러모로 심기일전이 필요했다. 은퇴를 몇 년 앞두고 서서히 은퇴 계획을 세워나가야 할 중요한 시기였다.

"인생의 마침표를 80세로 정했어요. 은퇴하고 나면 그때까지 15년이란 자유시간이 주어지는데 그 시간을 가치 있게 보내려면 어떤 일을 해야 할까 자문하기 시작했지요. 그러다 스스로 찾은 답이 '배우고 거둬들인 만큼 밥값을 하자'였어요."

이건실은 은퇴라는 단어 앞에서 '후학'을 가장 먼저 떠올렸다.

"앞서 가는 사람이 뒤에 오는 사람을 가리켜 후학이라고 하지요. 후학을 끌어주는 게 앞서 가는 사람이 해야 할 도리가 아니겠어요? 그간 알량한 재주 아닌 재주 가지고 운 좋게 살아왔으니 그에 대한 값을 치러야 할 때가 된 거지요. 무릇 음악이란 다 같이 나누고 함께해야 제맛 아니겠어요?"

5억 원이 넘는 음악 자료와 장비 전부를 지역사회단체에 기부하겠다고 결심한 것은 결코 쉬운 결정이 아니었으리라. 특히 이건실의 뒤를 이어 20여 년 넘게 피아니스트로 살아가고 있는 큰아들과 바이올린을 전공한 둘째 딸을 뒤로하고 내린 결정이기에 더욱 그러했다.

"아들과 딸이 섭섭해도 어쩔 수 없었어요. 자녀들에게 물려주면 그들과 그들 주변만 공유하게 되겠지만 이걸 사회에 내놓으면 계층, 성별, 연령, 직업에 상관없이 누구나 공유할 수 있을 테니까요."

아무 조건 없이 기부하겠다고 주변에 알리고 나자 기관과 재단, 단체, 방송국 등 여러 곳에서 연락을 취해왔다. 기부할 장소를 선택하는 것도 만만치 않은 일이었다.

"곰곰이 생각하다 보니 하나 간과한 게 있었어요. 그 고민의 샘을 빠져나오고 나니 선택은 간단했어요. 밥값을 하자고 결심했으니 그동안 어디서 가장 많은 밥을 얻어먹었나, 그것만 헤아리면 되었어요. 30년 넘게 목포에서 교수로 밥을 먹고 살았잖아요. 여기에 모든 걸 던지는 게 옳은 일이었어요. 목포를 넘어 전라도 지역 전체에 음악이 공유된다면 그 얼마나 아름다운 일이겠어요. 마땅히 그렇게 해야 했어요."

가톨릭 재단의 요청을 받아 들여 목포지구가 속한 천주교 광주대교구에 헌납하는 것으로 최종 결정을 마쳤다. 수십 년 전 어머니의 권유로 자연스레 발걸음을 하게 된 성당은 시련을 겪는 동안 그를 더욱 단단하게 만드는 원동력이 되어주었다. 그의 인생에 또 한 번 어머니의 영향력이 드리워졌음을 실감하는 순간이기도 했다.

"성당 신부님의 주선으로 광주대교구 김희중 대주교님을 찾아뵈었어요. 평신도가 대주교님을 바로 앞에서 만나 대화를 나눈다는 게 쉽지 않은 일이지요. 이런 상황을 맞닥뜨린 것만으로도 황송한데, 대주교님이 제 손을 잡고 은인이 나타났다고 하시는 거예요. 좋은 일 해줘서 고맙다며 칭찬하시는데 몸 둘 바를 모르겠더군요. 그날 이후 내 생각과 결심이 헛되지 않겠구나 싶어 살짝 우쭐해지는 기분까지 들었죠."

광주대교구에 있는 김대건 문화회관에 음악적인 요소가 필요해 고민하던 차에 때마침 그가 구세주처럼 나타난 것이었다.

"350석 규모로 문화 공간을 만들어놓았는데 아주 훌륭하더군요. 평신도나 신부님, 수녀님 교육장으로 쓰면서 그 지역 천주교 신자든 비신자든 누구라도 활용해서 문화적인 활동을 하려는 목적으로 만든 공간이었어요. 거기에 내가 보유하고 있던 대형 탄노이 오토그라프 오디오 시스템이 들어가면 딱이겠더군요."

설치까지는 일사천리로 진행되었다. 집채만 한 고가 스피커뿐 아니라 거기에 맞는 레코드 턴테이블, 파워앰프, 프리앰프 등의 오디오 기기 일체가 김대건 문화회관에 설치되었다. 한데 기부라는 것이 기부처에 헌납하는 것으로 끝이 날 거라는 애초의 생각은 어긋났다.

"고가 음향기기일수록 굉장히 예민해요. 매뉴얼대로 되는 게 아니라 실내 환경, 조건, 분위기에 따라 세세하게 영향을 받아요. 작은 공간에 있던 탄노이 오토그라프를 넓은 홀에 설치하고 나니까 갑자기 모든 게 안 맞는 거예요. 빈티지한 오디오에 현대적인 음질이 들어가면 그게 맞지 않고 음향도 제대로 컨트롤이 안 되고 말이에요. 음악에 대해선 나만큼 잘 아는 사람이 없으니 자동적으로 내 몫이 되어버린 거예요. 관리비용 들여가면서 사후관리를, 한마디로 A/S까지 완벽하게 책임져야 했어요. 그것도 평생 A/S를 보장해줘야 했어요."

이건실은 1미터 길이의 케이블 연결 장비를 꺼내 보이며 인터뷰 마치고 나서도 A/S 약속이 잡혀 있다며 웃음을 지었다. 별것 아닌 작은 부속품 하나에도 기본 백만 원 이상을 지불해야 할 정도였다. 고급 음향기기 A/S는 그만큼 특별한 책임감을 요구하고 있었다. 3년이 지난 지금까지도 이건실은 기부처에서 요청이 올 때면 즉시 출동을 서슴지 않는 완벽 A/S시스템을 충실히 수행하고 있는 중이다.

꿈이 현실로,
새암스토리 원장으로

　자신의 소중한 것을 내어놓자 생각지도 못한 커다란 선물이 그를 기다리고 있었다. 천주교 광주대교구 목포시 종합사회복지관에서 저소득층 아동을 대상으로 한 무료 음악 교실로 사용할 수 있도록 이건실에게 공간을 내어준 것이다. '카리타스 새암스토리'라 이름 붙인 이 공간에는 광주대교구에 설치된 음향장비 외에 그가 소유한 나머지 장비와 자료들이 하나둘 채워졌다. 드디어 그의 은퇴 계획이 현실로 이뤄지는 발판이 마련되었다.

　"이 작업실 양쪽으로 공간이 두 개 있어요. 왼쪽엔 연주홀이 있고 오른쪽에는 피아노 연습실이 갖춰져 있지요. 말로 설명할 게 아니라 둘러보면서 이야기를 나누는 게 좋겠네요."

　말을 하는 내내 그의 엉덩이는 들썩거리고 있었다. 빨리 자랑거리를 늘어놓고 싶은 눈치였다. 말이 채 끝나기가 무섭게 그는 이미 작업실 문을 열고 나가 "연주홀을 먼저 보시겠어요?"라고 물었다. 연주홀 문을 열자 그랜드피아노가 놓인 무대 위쪽 벽면에 '당신이 가진 재능이 세상을 더욱 아름답게 합니다'라고 적힌 현수막이 붙은 게 눈에 띄었다.

　"연주홀치고는 좁은 공간이지만 그랜드피아노며 전문적인 오디오 시스템이며, 무대를 제법 잘 갖춰놓았지요? 여기선 피아노 연주회도 열리고 평일에는 음악 감상실로도 사용하고 있어요."

　공간 연출은 모두 이건실의 작품이었다. 무대 양옆에 놓인 어른 키만 한 높이의 거대한 스피커에서 퍼져 나오는 소리는 두 귀를 통해 오롯이 뇌 속으로 전해져 무한한 진동을 울려댈 만큼 강렬했다. 그 소리는 피아노 연습실로 이동하는 동안 계속 귓가를 맴돌며 정신을 흔들어놓았다.

"독방처럼 보이게 하려고 공간을 여러 개로 분할해서 그 안에 피아노 8대를 각각 집어넣었어요. 연습에 집중할 수 있도록 말이지요. 여기도 다 제가 돈 들여 열심히 꾸몄습니다. 하하."

멋쩍은 듯 웃음소리가 새어 나왔다. 공간은 넓지 않고 아담하지만 연습하는 데는 오히려 아늑한 분위기를 연출해서 더 효과적일 것 같았다.

"연습실을 꾸밀 때는 법칙이란 게 있어요. 보기에 예쁘고 쾌적한 게 중요한 건 아니에요. 대학원 재학 시절 학비 벌 목적으로 공부와 병행하며 서울 원효로에서 피아노 학원을 운영했어요. 그때부터 아마 내가 별난 선생으로 낙인찍혔던 건지도 모르겠어요. 1970년대였으니 그때는 피아노가 지금처럼 대중적인 악기가 아니었죠. 돈 있는 집에서나 자녀한테 취미 삼아 가르쳤으니까요. 취미 삼아 배운다는 게 문제였어요. 학원도 사회교육의 일환이잖아요. 그런데도 대부분의 원장들은 자부심을 가지고 가르치는 게 아니라 돈벌이에 급급했어요. 그들에게 휩쓸리지 말아야겠다고 다짐하고는 나만의 규칙을 세웠지요. 3개월에 한 번씩 반드시 피아노 조율하기, 요일별로 학생들을 나눠 레벨에 맞춰 집중 학습 시키기, 방음장치 완벽하게 갖추기였지요."

시대가 바뀌어 이제 피아노는 누구나 칠 수 있는 대표적인 악기가 되었지만 그의 규칙을 바탕으로 한다면 시대를 막론하고 누구나 '잘' 칠 수 있는 악기가 된다는 것이 그가 선생으로서 오랜 시간 품어온 교육철학이었다. 연습실 한가운데 벽에 걸린 젊은 시절의 '이건실 피아노 독주회' 사진을 보니 별난 선생의 남다른 고집과 아집이 피아노 선율을 타고 들려오는 것만 같았다.

다시 작업실 소파에 엉덩이를 붙이고 앉아 나직하게 흐르는 음악을 배경으로 녹음기 전원을 켰다. 이건실이 말을 하려고 입을 떼자 밖에서 노크 소리가 들려왔다. 여름방학을 맞아 학생들의 레슨 일정이 없는 날이었지만 취재원을 위해 일부러 제자 한 명을 초대한 것이었다.

"연습 먼저 하라고 했어요. 조금 이따가 연주하는 것 한번 감상해보세요. 내 밑에서 1년 정도 배웠는데 재능이 아주 대단한 친구예요."

미리 준비해놓은 간식을 학생에게 갖다준 뒤 이건실은 소파에 앉아 옷매무새를 정리하며 제자에 대한 자부심과 애정을 한껏 드러냈다. 그가 평소 말할 때 짓는 표정과 스승으로서 제자에 대해 말할 때 짓는 표정은 확연히 달랐다. 자부심은 확실치 않아도 애정은 한껏 깃든 표정이었다.

"여기에서 음악을 배우는 아이들은 대개 다문화가정이나 북한이주민가정 아이들 그리고 가정환경이 어려워 음악을 배울 기회가 없는 아이들이에요. 조금 전에 온 유진이도 초등학교 4학년인데 재능은 있지만 가정환경이 어려워 여기로 오게 되었지요."

새암스토리 전체 학생 수는 들쑥날쑥하는 경향이 높다.

"이 친구처럼 1년 이상 꾸준히 배우는 학생들도 더러 있지만 많은 학생들이 자의 반, 타의 반으로 그만두는 경우가 많아요. 생활고도 이유가 되고 이 지역 저 지역으로 이동을 많이 하다 보니 그렇기도 하고요. 끈기가 부족해서 그만두는 아이들도 있죠. 현재는 열댓 명 정도 되는 것 같아요. 그중에서 반 정도는 전공자로 키워지고 있지요."

학생 선정은 먼저 목포 지역에 자리한 각 복지관에서 담당자들에 의해 일차로 정해지고, 그 명단이 이건실에게 전달되는 시스템이다. 그는 말하다 말고 다른 테이블 위에 놓인 새암스토리 운영일지를 들고 와 페이지를 한 장씩 넘기면서 설명을 이었다. 운영일지에는 학생의 출석 현황뿐 아니라 인적 사항과 음악적 성향, 피아노 연주 실력에 대한 평가가 자세하게 기술되어 있었다. 날마다 영수증을 모아 지출 내역을 꼼꼼하게 작성하는 세심한 살림꾼의 면모도 여실히 담겨 있었다.

새암스토리가 위치한 산정동과 멀리 떨어져 거주하는 학생들의 경우 새암스토리와 재능 기부 위탁 결연을 맺은 목포 각지 15곳의 음악학원 중에서 집과 가까운 학원을 선택해 수업을 받을 수 있도록 시스템을 갖춰놓은 상태다.

"결연 맺은 음악학원 원장들이 목포대 제자들이에요. 좋은 뜻에 함께하겠다고 다들 선뜻 나서주었지요. 무료로 진행하는 교육이다 보니 제자들에게 큰 짐은 주고 싶지 않았어요. 제자들과 협의해서 한 학원당 학생 2명으로 인원 제한을 두었죠."

음악학원에서 뛰어난 피아노 실력을 보이는 학생이 있다면 바로 이건실에게 호출이 온다. 학생의 재능을 전문적으로 키워내는 것이야말로 이건실이 가장 잘하는 일이자 여전히 그의 가슴을 뛰게 만드는 행

복한 일이기 때문이다.

"칠십 가까이 된 이 나이에 아직도 내 밑에서 특별한 아이가 나올 수 있다는 건 음악가로서 큰 자부심이지. 이거야말로 진짜 자부심이지. 정말 감사한 일이에요."

어휴,
요즘 애들 장난 아닙디다

오유진 학생의 피아노 연주가 시작되었다. 청중은 한 명뿐이었지만 시작에 앞서 연주홀을 이리저리 옮겨 다니며 연거푸 카메라 셔터를 눌러대고 있으니 유진 양으로선 긴장감이 감도는 모양이었다. "자, 어깨 긴장 풀고 베토벤 한번 시작해볼까? 하나, 둘, 셋, 넷!" 이건실의 나직한 리드에 따라 유진 양의 손가락이 건반 위에 살포시 내려앉았다. 베토벤 소나타 1악장의 선율이 하이라이트에 도달하자 잔잔하면서도 강렬한 느낌이 교차하면서 피아노 선율이 홀 전체를 가득 메웠다. 베토벤 다음으로 쇼팽의 마주르카 연주가 이어졌다. 건반 위에 올라간 손가락이 춤을 추듯 경쾌한 손놀림으로 건반 전체를 장악했다. 유진 양의 유려한 손놀림은 폴란드의 전통 춤곡으로 유명한 마주르카가 어떤 곡인지 설명해주고 있는 듯했다. 연주하는 내내 옆에서 입으로 손동작으로 연신 박자를 맞춰주고 있는 이건실도 유진 양만큼이나 분주해 보였다.

"어떤가요? 유진이 잘하죠? 유진이 정도에 쇼팽을 연주하는 거면 박수 쳐줄 만한 일이지요. 아직 다듬어야 할 부분이 많지만 그래도 배운 것에 비해 성과가 꽤 큰 학생이죠."

연주가 끝나자 유진 양의 등을 두드리며 수고했다고, 잘했다고 칭찬을 아끼지 않는 이건실이었다. 유진 양은 남동생인 경락 군과 함께 새 암스토리에서 이건실의 특급 레슨을 받으며 성실한 제자 노릇을 톡톡히 하고 있었다. 인터뷰를 이어가기 위해 작업실로 돌아온 이건실은 '유진이가 준 편지가 저기 있나, 여기 있나' 혼잣말을 중얼거리더니 뭔가를 찾기 시작했다.

"아, 여기 있네요. 유진이 편지요."

흰색 봉투 안에서 삼단으로 접힌 편지지를 꺼내 보이는 그의 얼굴은 살짝 부끄럽지만 자랑스러운 듯 옅은 미소를 띠고 있었다. 연필로 꾹꾹 눌러 한 자 한 자 또박또박 써 내려간 유진 양의 글씨에서 스승에 대한 감사의 마음이 고스란히 전해지는 듯했다.

> To. 교수님께
>
> 안녕하세요. 교수님 저 교수님 제자들 유진, 경락이에요. 매주 빠짐없이 저희들에게 새로운 것을 배우게 해주시고 잘못하는 점을 잘할 수 있도록 지도해주신 교수님께 진심으로 감사드립니다. 더욱 열심히 노력하여 성공해서 교수님에게 보답하겠습니다. 항상 건강 잘 챙기시고 아프지 마세요.
>
> ─노력하는 제자 유진, 경락 올림

"어린 제자가 스승의 고마움을 알아주니 나야말로 반갑고 고맙죠. 이럴 때면 뭉클한 감동을 넘어 오묘한 기분이 들고 보람을 느끼게 되고 그럽디다. 누구나 다 그럴 테지요."

20대 대학생을 위주로 가르치던 그가 몇 년째 초등학생을 대상으로 선생 역할을 하다 보니 여러 가지 부작용이 생겨나는 것도 간과할 수 없는 사실이었다.

"어린아이들과 함께 있으니 정신은 물론 신체 나이까지 젊어지는 것 같아 아주 좋지요. 이런 나를 보고 주변에선 철이 없다고도 하죠. 이건 철이 없는 게 아니라 순수한 거예요. 아이들이 내게 순수함을 일깨워줘서 고맙죠. 하지만 자기 멋대로 행동하는 요즘 아이들의 성격과 태도를 받아들이는 건 아무래도 힘든 일이지요. 쉽지만은 않은 문제예요."

이건실은 일주일에 일요일 단 하루만 쉬고 월요일부터 토요일까지 매일같이 새암스토리에 출근 도장을 찍고 학생들을 지도한다. 그중 금요일 오후엔 북항에 있는 사회복지관센터 본부에 가서 여섯 명의 학생들을 대상으로 출장 지도를 한다. 이 여섯 명의 아이들이 이건실을 특히 골치 아프게 만드는 주인공들이다.

"거기에 피아노 여섯 대가 있거든요. 이곳이 멀어서 애들이 못 온다고 하기에 위탁 학원도 마땅치 않고 해서, 그럼 내가 그리로 가겠다고 한 거예요. 방과 후 학교 수업으로 진행되는 방식인데 거기엔 에어컨이 없어요. 안 그래도 방과 후라 피곤한 아이들, 날까지 더운데 에어컨도 없고 어디 제대로 연습이 되겠어요? 가끔 내가 격하게 표현하기를 아주 망나니들이 따로 없다고 얘기할 정도예요. 피아노 칠 때 반듯한 자세를 습관화해야 한다고 강조해도 자세 흐트러져 있는 건 당연하고, 말투나 행동도 버르장머리 없는 녀석들이 있지요."

그럼에도 불구하고 이건실은 대놓고 이들을 설득하려 하지 않는다. 참고 견디고 또 참고 견디며 시간은 오래 걸릴지언정 학생들을 자신의 페이스로 끌고 오는 데 주력한다.

"다리 벌리고 있으면 '자, 다리 오므리고 허리 펴고' 이렇게 말해요. 또다시 반복되면 나 또한 이 말만 계속 반복하는 거예요. 이렇게 꾸준히 하다 보면 한 학기 정도 지나고 틀이 잡힙디다. 반복학습밖에 답이 없어요. 연습을 안 하려는 학생이 있으면 벌도 주지만, 벌을 주면 꼭 칭찬을 해줘요. 수업 끝나고 맛있는 음식 사주면서 애들과 밥상도 마주하고요. 시대가 변해도 변치 않는 진리 하나는 음식 속에서 정이 생긴다는 것이지요. 서로 몸을 부딪혀야 관계가 좋든 나쁘든 발전이라도 할 거 아니겠어요?"

어린 친구들 앞에서 발휘되는 이건실의 교육적 마인드는 저절로 생겨난 것이 아니었다. 그저 그의 생각대로 움직인 것도 아니었다. 이는 경험 속에서 깊이 우러나온 것이었다. 교수로 재직하던 시절 목포공생원에서 오랜 기간 봉사활동을 실천했던 경험이 밑거름이 되어 현재 그의 두 어깨에 날개가 되어주고 있는 거였다. 인생에서 처음으로 봉사의 가치를 일깨워준 공생원에서의 에피소드를 물어야 할 순간이었다. 먼저 추억에 잠긴 그를 깨워야 했다.

20년 전
내 소중한 친구들

앞서 유진 양이 쓴 편지를 건네던 그가 한 가지 더 자랑 삼아 보여준 것이 있었다. 작업실 입구 책장 한쪽에 자리한 크리스마스 카드와 종이학 상자는 오래전 공생원 아이들이 그에게 준 정성 어린 선물이었다. 손수 만든 카드 앞면에는 아홉 명의 아이들 단체 사진이 붙어 있고, 일일이 손으로 접은 종이학 수백 마리는 투명 상자에 담겨 있었다. 세월의 깊이만큼 낡고 바랜 선물은 그 가치가 더욱 빛을 발하는 것 같았다. 카드에 붙은 아이들의 얼굴에 슬쩍 눈길을 건넨 이건실은 한숨을 길게 내쉬며 입을 뗐다.

"그러고 보니 오래전 얘기네요. 한 20년 전 얘기니까. 여기 사진에 있는 아이들이 이젠 죄다 성인이 되고 결혼해서 애기 낳고 살고 있을 테니까요. 세월 참 빠르지요. 그때 목포대에서 가르치던 제자들 중에 뜻이 맞는 애들 다섯 명 정도 데리고 좋은 일 한번 해보자고 공생원을 찾아갔어요. 공생원이 일본인 고(故) 윤학자 여사가 만든 곳이었는데 목포에서 대표적인 역사 깊은 아동양육시설이었죠. 6·25 전쟁 때 한국인 남편 잃고도 일본으로 돌아가지 않고 일평생 희생과 봉사로 고아들의 어머니가 되겠다고 자청한 분이잖아요. 그분은 돌아가셨어도 그분의 교육철학은 고스란히 남아 있었어요. 제자들과 일주일에 한 번, 어쩔 땐 열흘에 한 번 불규칙적으로 방문하다가 어느 순간부터 일주일에 두 번씩 정기적으로 방문을 하게 되었어요. 그때도 지금처럼 음악 선생 역할을 했지요. 저 아이들이 그때 다 내 제자들이었어요. 내게서 피아노 열심히 배웠죠. 요놈들이 교회에서 찬양 반주하게 됐다고 얼마나 기뻐하고 좋아했는지 몰라요."

이건실의 기부와 나눔은 그때부터 시작된 셈이었다. 공생원 아이들에게 음악적인 환경을 만들어주기 위해 피아노 다섯 대를 기증하는 것에서 그의 봉사는 출발했다.

"기증 같은 행위가 다르게 보면 참 별게 아니에요. 봉사를 하다 보면 그냥 자연스러운 행위가 되는 거예요. 피아노를 가르쳐야 하는데 피아노가 없는 게 말이 안 되잖아요. 그러니까 몇 대 사는 거고, 같이 아이들과 부대끼면서 생활하다가 냉장고나 텔레비전, 세탁기 같은 전자제품이 낡아서 쓸 수 없는 게 눈에 보이면 또 구입해서 바꿔주기도 하고요. 내 주머니에서 돈 나가는 일이 특별하게 느껴진다거나 그걸 가지고 심사숙고해야 한다거나 하는 게 아니라 막상 부딪히면 그런 걸 따질 겨를도 없이 자연스럽게 받아들이게 되는 거죠. 정말 큰돈이 내 수중에서 나가야 한다면 그거야 고민이 되겠죠. 한데 이런 상황은 내가 포용할 수 있는 범위인 거잖아요."

　살림살이는 계속 늘어났다. 기타를 배우고 싶어 하는 아이들의 바람을 담아 어느 날 기타 장비가 공간 한쪽을 차지했고, 태권도 같은 음악 외적인 취미활동을 배우고 싶어 하는 아이들에게 그 기회가 제공되기도 했다.

　"그때 윤학자 여사의 딸이 원장으로 계셨어요. 하루는 원장님이 내 차를 보더니 다른 곳에 주차하라고 하는 거예요. 애들 장난으로 혹은 실수로 차가 긁히거나 손상을 입을 수도 있다면서 말이지요. 근데 내 대답은 '망가져도 상관없다'였어요. 두 가지 생각이었죠. 애들이 해봤자 뭐 얼마나 부서지겠나 싶은 마음과 그간 우리가 쌓은 사제 간의 끈끈한 정이 있는데 그럴 리 없을 거라는 믿음이 있었어요."

　믿음의 촉이 제대로 서 있던 모양이었다. 자동차는 오히려 번쩍번쩍 광채가 나고 반질반질 윤기가 흐르도록 닦인 상태였다. 피아노 선생이 아니라 그들의 눈높이에서 먼저 '친구'가 되어야 한다는 굳은 믿음이 자동차를 그렇게 만들어놓은 것이었다.

"가르치는 애들이 한 서른 명 정도 됐어요. 아이들 행동이나 말 하나하나 다 간섭하고 때론 혼내기도 하고 때론 부대껴 장난치기도 하고 그랬지요. 같이 맛있는 음식 나눠 먹고 열심히 한 친구들에겐 상으로 용돈도 건네고요. 크리스마스나 어린이날 같은 큰 행사가 있을 땐 제자들과 선물 꾸러미를 100개씩 만들어가서 함께 축하해주기도 하고요. 아들과 딸에게는 미리 양해를 구한 다음 어린이날엔 공생원 아이들과 함께하고 어버이날을 어린이날 삼아 자녀들과 함께 보냈지요."

생애 참 행복했던 시간을 오래간만에 꺼내 보인 이건실은 한참을 그렇게 그리워하고 그렇게 웃음 짓고 그렇게 곱씹은 뒤 다시 추억 속 상자에 고이 담았다.

음악은
절대 나를 배신하지 않는다

새암스토리의 차기 주력 상품은 음악 감상 프로그램이다. 음악 교육 프로그램과 함께 새암스토리를 구성하는 양대 산맥이 될 예정이다. 두 개의 프로그램이 중심축이 되었으면 하는 이건실의 욕심이 담겨 있기도 하다.

"음악을 알려면 자고로 많이 듣고 자주 듣고 또 듣고 해야지요."

음악 교육이 아동을 대상으로 한다면 음악 감상은 일반 성인이 대상이다. 새암스토리 연주홀에서 매주 월요일 저녁 7시부터 9시까지 두 시간 동안 진행되는 음악 감상은 음악과 나 자신이 온전히 하나가 되어 합일을 이루는 시간이다. 이것 또한 백 퍼센트 무료다.

"'듣고 싶은 사람은 모두 와서 마음껏 들어라! 문화적인 갈증을 없애주겠다' 이런 각오예요. 음악에 조금이라도 관심이 있다면 용기 내서어서 발을 담그라고 다그치는 거지요."

음악 감상은 무릇 이건실의 주 종목이라 할 수 있다. 무엇보다 이건실이 엄지손가락 치켜세우며 좋아하는 것 중 하나다. 그는 1년째 광주 평화방송 프로그램 〈행복한 라디오〉 목요일 고정 게스트로 나서 '고전·종교음악의 순례'라는 코너를 진행하며 매주 청취자를 만나고 있다. 또 하나의 재능 나눔을 펼치고 있는 셈이다.

"아이들과 함께 있으면 순수함을 얻는다고 했잖아요. 음악이야말로 인간을 가장 순수한 세계로 이끌어주는 가장 아름다운 도구예요. 그러니 사람들한테 강조를 안 할 수가 없지요. 다른 건 몰라도 삶에 있어서 음악은 차고 넘칠수록 좋은 거예요. 암 그렇고말고요."

음악 감상의 중요성을 강조하는 이건실의 목소리는 전보다 힘이 실려 있었다. 굳센 용사를 위한 비장하고 웅장한 음악이 나직이 깔리면 딱 어울릴 만한 분위기였다. 그도 그럴 것이 새암스토리의 전신과도 같은, 그가 1990년대에 열정을 바친 새암아트홀에 대한 미련을 떨쳐낼 수 없었던 것이다.

"그게 80년대 후반이었죠 아마. 그때부터 지역사회 문화 발전에 고민이 참 많았어요. 누가 뭐라고 하는 것도 아닌데 가만히 있으면 안 될 것 같았어요. 의미 있는 프로젝트로 실현시킨 게 100석 규모의 새암아트홀을 개관하는 거였죠. 현재 광주대교구에 있는 음향기기며 이곳에 있는 음악 자료가 대부분 새암아트홀을 위해 구입하고 사용한 것들이에요. 그 당시 교수로 번 돈 거기에 다 바치고 그랬어요."

시작은 좋았다. 반응도 괜찮았다. 그 당시 문화시설이 여의치 않았던 목포에서 오로지 문화를 즐기기 위한 공간으로서 새암아트홀의 역할은 훌륭함 그 자체였다. 목포 지역 문화계 인사들과 음대 재학생들은 너도나도 열렬한 환영을 보내왔고, 음악은 물론, 예술작품, 시, 문학 등 문화계 전반의 이야기가 쌓여갔다. 정기적으로 음악 전문가들을 위한 영상음악감상회가 열리고, 지역 주민과 직장인을 대상으로 한 클래식 고전음악감상회가 열렸다. 명화 감상 시간, 문학과 음악의 만남 등도 인기가 좋은 프로그램에 속했다. 목포남성합창단이 창단된 것도 그때였다. 이건실의 진두지휘 아래 합창단원들의 연습은 매일 늦은 밤까지 계속되었고 새암아트홀이 그 든든한 무대가 되어주었다. 목포대 학생들의 독주회며 연주회 장소로도, 제자들이 서울에 있는 대학원에 진학하거나 해외 유학 전 특별훈련을 받는 장소로도 새암아트홀은 완벽한 지원군이었다.

"운영비가 문제였어요. 연주회가 있을 때면 입구에 기부금 박스를 뒀어요. 근데 딱 두 번 올리고 치워버렸죠. 두 번 합쳐서 만오천 원 들어있더군요. 내 사재 털어서 기틀을 세워놓으면 운영이야 기부받아서 어떻게든 되지 않을까 싶었는데 현실은 그렇지 않았어요. 건물 2개 층을 임대해서 한 층은 연주실, 한 층은 자료실로 운영했는데 어느 순간 월세 내는 것도 부담이 되더군요. 한 10년 정도 운영하다 IMF 여파가 겹치면서 눈물을 머금고 조용히 문을 닫았어요."

격앙된 목소리는 재빠르게 원 상태로 돌아왔다. 오히려 차분해지기까지 했다.

"후회 없어요. 음악가로서 자부심이 되었으니까. 돈은 잃었어도 허튼 곳에 쓰지 않았잖아요. 이게 나의 재테크였고 지금 그 부를 하나도 빠짐없이 누리고 있잖아요. 새암스토리로 말이에요."

지금껏 자신을 위해 보험 하나 든 적 없고 그 흔한 골프 같은 취미 활동도 해본 적이 없다. 이건실을 두고 무모하고 어리석다고 해도 어쩔 수 없다. 그의 재테크는 남들과 조금 다른 측면이었고 앞으로도 그럴 것이다.

밥값이
뭐 별건가요?

은퇴 3년차 이건실은 초반 레이스를 비교적 잘 치른 편이다. 빨간색 벽돌 건물처럼 제법 단단하고 튼튼하게 기초공사를 마쳤다. 그동안 그의 삶은 변했다면 변했고 변하지 않았다면 변하지 않은 형태일 수 있었다. 변한 것은 손에 쥔 모두를 훌훌 털어버린 것이고, 변하지 않은 건 여전히 선생으로 바쁘게 살아간다는 것이다.

"최근에 북한이주민 행사에 갔다가 아주머니 한 분을 만났어요. 나이가 40대 중후반 가까이 되는 분인데 피아노를 배우고 싶다면서 새암스토리에 참여해도 되냐고 묻더군요. 아동을 위주로 하지만 그렇다고 안 될 거 뭐 있겠어요. 언제든 시간 날 때 오라고 신청서를 받았죠. 며칠 뒤면 레슨이 시작될 거예요. 그분이 꾸준히 잘 해준다면 좋겠어요."

나이 들어 처음 피아노를 배우는 사람보다 어째 그의 기분이 더 들뜬 것처럼 느껴지는 건 왜일까.

"월요일 음악감상회가 7시에 시작하잖아요. 현대조선소 직원 한 명이 왔다가 좋았는지 그다음엔 동료랑 같이 왔어요. 6시에 퇴근해서 저녁 밥 먹을 새도 없이 피곤한 상태로 부랴부랴 음악 듣겠다고 여기까지 오는 거예요. 어쩔 땐 그 사람들이 자녀나 부인, 남편을 데리고 오기도 해요. 음악이 뭔지도 몰랐는데 한번 와보니까 너무 좋아서 음악 감상이 기다려지고 그런다고 합디다. 그게 바로 음악을 사랑할 줄 아는 거지 뭐겠어요."

음악 감상에 감동받고 고마워하는 사람보다 어째 그의 마음이 더 감동받고 황송해 마지않는 건 왜일까.

"조금 창피한 말이지만 은퇴 계획을 세울 때 내 연주회를 꿈꿨어요. 노익장 과시하며 사람들 불러다놓고 날 좀 보소 하며 연주회를 열면 어떨까 싶었죠. 찬찬히 생각해보니까 교만에서 출발한 꿈이더군요. '너의 우쭐함을 보여줄 게 아니라 밥값이나 해라 이놈아!' 일순간 정신 차리라는 듯 머릿속에 이 문장이 떠오르더라고요."

자신이 생각한 밥값을 충실히 하고 있다는 것에, 게다가 나쁘지 않게 잘하고 있다는 것에 그는 들뜬 마음을 감추지 못하고 황송한 마음 또한 금할 길이 없었던 것이다. 점심식사를 하기 위해 찾은 그의 단골 식당에서 이야기는 계속 이어지고 있었고, 그가 강력 추천한 보리굴비 정식은 먹으면 먹을수록 짭조름하면서도 고소한 것이 입안에서 아주 제대로 값을 하고 있었다. 녹차 물에 말은 밥 위에 굴비를 얹어 먹으니 이것 참 색다른 궁합이고 맛이었다. 서울서 손님이 오면 대개 이 보리굴비정식을 권한다는데 "백이면 백 다 좋아한다"는 그의 말이 백번 옳았다. 손님에게 예의를 차리듯 살이 두툼한 맛난 부위를 계속해서 손님상에 건네주기를 여러 번, 그는 "아직 갈 길이 멀고 바쁘다"라고 운을 뗐다.

"음악의 분야를 넓고 다양하게 구성하려고요. 순수 클래식이나 고전음악, 서양음악은 물론이고 판소리 같은 우리 가락도 알리려고 해요. 거기에다 재즈, 실용음악, 애니메이션, 뮤지컬 장르도 채택하고요. 조용필의 〈바운스〉를 처음에 들었을 때 아주 기가 막힙디다. 이런 음악도 반짝 열광하고 끝날 게 아니라 우리가 공유하고 잊지 않게 마음속 머릿속에 오래오래 간직해야지요. 새암스토리라는 공간이 장차 장르에 관계없이 음악이라면 모두 다 포용할 수 있게 되기를 바랄 뿐이에요. 반드시 그렇게 만들어야지요."

보리굴비정식의 궁합은 마지막 매실차 한 잔까지도 훌륭했다. 목포 바다를 저 멀리에서 지나쳐 목포역에 이르기까지 이건실은 걸음을 함께했다. 용산행 KTX는 한 시간 뒤 출발이었다. 커피를 한잔하기로 하고 대합실 카페에 마주 앉았다. 주문한 커피가 나오자마자 이건실은 걸려온 전화 한 통을 오랫동안 붙든 채 우렁찬 목청을 뽐냈다. 전화를 끊자 그의 얼굴엔 금세 화색이 돌았다.

"광주평화방송 담당자인데 목요일 하루 진행하는 내 방송이 인기가 좋다고 매일 진행하자네요. 허허, 이걸 어쩐담."

엄청나게 들뜨고 황송한 기색을 드러낸 이건실은 음향기기 A/S 약속 시간이 다가왔다며 아이스 아메리카노를 단숨에 쭉 들이켠 채 먼저 자리를 떠났다.

인터뷰어 | 추효정

나는 생각보다
먼 길을 돌아왔다

/

일곱번째

나 자신의 삶은 물론

다른 사람의 삶을 삶답게 만들기 위해

끊임없이 정성을 다하는 것처럼 아름다운 것은 없다

•

강

지

원

평화를 위해 걷는 '지구별 여행자' 장 벨리보(Jean Beliveau)의 이야기를 들어본 적이 있을 것이다. 광고업체에서 일하며 아내와의 사이에 두 아이를 둔 평범한 가장이던 벨리보는 마흔다섯 번째 생일날 아침, 세계 도보 여행을 떠났다. 여행을 하는 과정은 녹록하지 않았다. 창고나 헛간, 길거리에서 잠을 청했고, 먹는 음식도 별 볼 일 없었다. 11년이 넘도록 64개국 7만 5,500킬로미터를 걸어 여행하는 동안 어린이들을 위한 평화와 비폭력을 염원하는 그의 꿈은 점점 커져갔다. 그의 아내는 홈페이지를 통해 남편의 여정을 기록했고, 전 세계 많은 사람들도 그를 응원했다. 벨리보에게 꿈은 인생 최고의 목적이자 행복의 원천이 되었다.

　자신의 목소리에 조용히 귀를 기울이고 그 소리를 따라 끝없이 전진

하는 사람은 누구나 그 자체로 아름답다. 그것은 꿈의 크기나 가치와는 상관없는 일이다. 검사로 사회생활을 시작했지만 지금은 사회운동가로 일하는 강지원도 벨리보처럼 그만의 북극성을 향해 인생길을 걷고 있었다.

모두가
행복해질 수 있는 길은 없을까

2013년 11월, 8개월간 〈MBC 이브닝 뉴스〉에 고정 출연을 했던 강지원 씨가 프로그램을 하차하면서 그곳 청소용역업체 반장에게 금일봉을 전달했다는 이야기가 뒤늦게 미담으로 알려졌다. 매일 방송국을 드나들다 보니 새벽부터 나와 종일 청소를 하시는 분들이 새삼 눈에 들어오더라면서 밥이라도 한번 사드리고 싶지만 그럴 만한 기회가 없었다며 고마운 마음을 전했단다. 그를 아는 지인들은 응당 그랬으려니 하는 반응이다.

사회운동가 강지원은 언제나 약자에게 먼저 눈을 돌리며 살아왔다. 법률적인 잣대만으로 해결할 수 없는 사회 전반의 문제가 그에게는 평생의 화두였다. "어떻게 하면 힘들고 소외된 사람 없이 누구나 행복하게 살아갈 수 있을까?"

검사로 사회생활을 시작했지만, 검사로서의 출세에는 별 관심이 없었다. 본인이 조금만 관심을 기울인다면 꽤 높은 자리까지 올라갈 수도 있었다. 하지만 정작 그에게는 검사라는 직업이 천직처럼 다가오지 않았다. 어딘가 모르게 맞지 않은 옷을 입은 것처럼, 자꾸 다른 곳으로만 눈이 갔다. 대신 그는 청소년을 위한 봉사가 가능한 자리라면 늘 자원했다. 보호관찰소, 청소년보호위원회, 자살예방대책추진위원회, 사회통합위원회 등을 차례로 거치게 된 것도 다 그런 연유에서다.

내가 느낄 수 있는 행복이
곧 나의 성공이다

중학생이던 강지원은 들어가기 어렵기로 소문났던 경기고등학교에 전교 차석으로 입학했다. 수석과는 단 한 문제 차이였다. 그 뒤 서울대학교를 거쳐, 행정고시와 사법고시에 합격했다. 그중에서 사법고시는 수석 합격이었다.

외적으로 보면 모든 면에서 성공한 것처럼 보이는, 누구나 부러워하는 인생을 산 셈이다. 그러나 강지원은 그런 자신의 인생을 '성공한 인생'이라고 보지 않는다. 누구나 성공하기 위해 노력하는 세상, 성공을 위한 비법과 자기계발서가 날마다 서점에서 불티나게 팔리는 사회에서 그에게 진정한 성공이란 어떤 의미일까?

"성공을 권력이나 돈으로만 생각한다면 상위 1퍼센트를 제외한 사람들은 모두 '루저'가 됩니다. 평생을 경쟁에 시달리면서도 갈등이 끊이지 않는 피폐한 삶을 살아가야 하지요. 왜 사사건건 남들과 비교해서 남들의 기준에 따라 자기 자신을 깎아내리는 거지요? 성공의 기준을 다시 따져보아야 합니다. 자기 적성에 따라 진로를 선택하고, 그 직업을 통해 보람을 얻고, 경제적으로 자립할 수 있으면, 그것이 '성공한 인생' 아닐까요?"

강지원의 기준으로 보면 적성, 보람, 경제적 자립, 이 세 가지 기준을 만족시키는 직업은 모두 좋은 직업이다. 자신의 적성에 맞고 보람 있는 직업을 선택하면 누구나 행복해진다는 의식 전환이 필요한 이유다.

"선진국에서도 이런 게 문제가 되고 있어요. 무엇이 성공한 인생인지 골똘히 생각해봐야 해요. 저도 마찬가지입니다. 제가 한때 남들이 다 알아주는 모습으로 승승장구하며 잘 살았다고 해서 그것이 정말 성공한 인생일까요? 저는 오히려 그때 제 자신을 돌이켜보지 못한 거예요. 저는 후회하고 반성해야 했습니다. 그런 의미에서 저는 제가 정말 하고 싶은 일이 무엇인지를 찾아서 아주 먼 길을 돌아온 사람이지요."

더 많은 돈을 벌고, 더 높은 지위에 오르고, 더 많은 명예나 인기를 누리는 것이 성공이라는 생각에 태어날 때부터 경쟁으로 내몰리는 아이들. 뱃속에 있는 태아에게 영어 책을 읽어주고, 오로지 명문대 입시만을 향해 달리라고 미친 듯이 종용하는 사회. 높은 사교육비로 인해 부모 세대의 노후 대비까지 불안해지는 나라. 자살률과 이혼율, 청소년 불행지수가 세계 1위를 달리는 동안, 꾸준히 증가하는 가정폭력, 아동학대, 존속살인……. 우리 사회의 이런 병리적인 현상을 관찰하면서 강지원은 편안히 쉴 수 없었다. 하루빨리 사람들의 인식이 바뀌어서 이 불행의 고리를 끊어내는 데 조금이라도 영향을 미칠 수 있는 일이라면 몸을 사리지 않았다.

그런 고민 끝에 지난 제18대 대통령 선거에 입후보를 하기도 했다. 아무리 말로 이야기해도 개선되지 않는 정치 현실 속에서 정책 선거의 모범 사례를 몸소 보여주기 위한 비장한 결단이었다.

"그걸 정치 야욕으로 오인하는 사람도 있었죠. 주위에서도 많은 걱정을 했어요. 하지만 저는 물러설 수가 없었어요. 아무리 외쳐도 변하지를 않으니 실제로 선거에 참여해 정책 중심의 정치개혁운동을 벌이기로 작정한 것이었지요. 구태 정치를 탈피하려면 이벤트 선거에서 벗어나야 한다는 강력한 메시지를 눈으로 보여주려는 결심이었습니다."

강지원은 대통령 후보로 나서면서 '깨끗한 선거, 돈 안 쓰는 선거, 정책 선거'를 표방했다. 눈살을 찌푸리게 하는 확성기 달린 유세차도 운영하지 않고 시장을 돌아다니며 악수하는 유세 활동도 없앴다. 그 대신 사무실에서 '정책 콘서트'를 열고 유튜브와 홈페이지에 동영상을 올렸다. 2006년부터 7년간 한국매니페스토실천본부 초대 상임대표를 맡아 정책검증을 거친 결과물을 바탕으로 다양한 활동도 전개했다.

"정책은 후보 자신의 뼛속에서 나오는 철학과 경험을 바탕으로 만들어야지, 전문가들이 책상머리에 앉아 머리를 짜내서 만들어내는 정책은 나중에 실행을 담보할 수 없지 않겠습니까? 제가 그 시점에서 대통령 당선을 염두에 두었다면 이렇게만 진행할 수 없었겠지요. 하지만 제자신이 후보로 활동하면서 이루려던 목표는 따로 있었고 그 부분에서는 나름대로 의미가 있었다고 판단합니다. 물론 좋은 정책 선거에 관한 메시지가 더 많이 알려지지 않아서 아쉬운 점은 남았지요."

강지원은 하루빨리 우리의 정치 문화가 정책 중심으로 바뀌어서 실제적인 제도 개선과 사회 변화가 이루어지기를 바라고 있다. 그런 철학 때문인지 몰라도, 그의 머릿속에는 거의 모든 분야에 대한 나름대로의 해법과 정책이 정리되어 있었다. 인생 이모작이라는 주제도 그러했다. 강지원은 미리 준비해둔 서류철을 꺼내 던지듯 자신이 먼저 이야기를 술술 풀어냈다.

"지금 은퇴자들은 평생토록 직장에 다니며 밥벌이를 해야 했어요. 이제는 돈 벌 궁리에서 그만 해방되어야 해요. 아이들 교육을 마쳤으면 딱히 돈 들 일도 별로 없습니다. 두 식구 먹어봐야 얼마나 먹겠어요. 자신이 가진 걸 세어보고 적극적으로 대처하면 됩니다. 아이들 사지육신 멀쩡하다면 무슨 일을 하더라도 제 밥벌이를 스스로 하도록 시켜야지, 왜 부모가 무한 책임을 지나요? 그런 과보호는 오히려 아이들을 망가뜨릴 수 있어요. 아이들에게 돈을 주는 대신 자율권과 자립심을 선물하는 게 더 좋고 더 옳은 일이에요."

자본주의 시대, 사람이 사는 데 과연 얼마나 많은 돈이 필요할까? 아니, 돈과 행복은 비례하는 걸까? 돈과 행복이 비례한다면, 가진 것이라고는 사탕수수와 담배뿐인 가난한 나라 쿠바의 높은 행복지수는 무엇을 의미하는 걸까?

"찬찬히 생각해보면 그래요. 우리가 사는 데 그리 많은 돈이 필요할까요? 어쩌면 불필요한 소비일 경우가 태반이에요. 지나친 낭비벽은 따지고 보면 우리 각자가 가진 트라우마의 발현일지도 몰라요. 그런 것들을 말끔히 거둬내고 본인의 경제 사정에 맞춰 알차게, 검소하게 살면 되는 거예요. 배부른 소리가 아닙니다. 퇴직한 뒤 생활비로 쓸 연금이나 저금이 있다면 더욱 좋겠고, 집이 있다면 역모기지를 신청해서 노후 생활 대책으로 활용할 수도 있을 거예요. 이제 자식에게 집을 물려줘야 할 시절은 아니에요. 집 남기고 죽으려고 애쓸 것도 없죠."

강지원은 자식에게 무엇을 물려주려고 발버둥 칠 것 없다고 단호하게 말한다. 오히려 어른들에게 "정 가진 게 없다면 자식 키운 값으로 애들한테 효도십일조를 받자. 누구에게나 뿌리가 있는 것이니 힘들게 키워준 부모로서 그리 요구하지 못할 것도 없잖은가"라고 이야기하는 그다. 그러니 집을 물려주는 것도 반드시 필요치는 않은 일이다.

"우리 시대는 평생 집 한 칸 장만하는 게 로망이었잖아요. 너도 나도 집 한 칸 장만해서 허리 쭉 펴고 살려고 20년 이상을 코 박고 헤맸지요. 그러는 사이에 집값은 점점 폭등했고요. 하지만 이제 그런 시대는 다 지나갔습니다. 임대주택을 활용해서 사는 동안만 이용하면 되는 거지, 저승 갈 때 지고 가지도 못할 집을 위해 온 인생을 바칠 필요는 없다고 봐요."

은퇴자에게 가장 부담이라는 경조금에 관해서도 그의 논리는 한결같았다. 경조금은 이미 한국 사회를 살아가는 방식 중 하나가 된 지 오래다. 경조사 소식을 접하면 누구든 고지서를 받은 느낌이 들지만, 세상인심 잃지 않고 살려면 얼굴을 내밀고 돈봉투를 건네야 한다. 그러나 강지원은 2001년 아름다운 혼·상례를 위한 사회지도층 100인 선언에 서명한 이후, 더 이상 주지도 않고 받지도 않기로 결심했다.

"사람 노릇 하고 살려다 보니 경조금 때문에 힘들다는 사람도 많습니다. 되돌려 받을 거 생각해서 품앗이 기능으로 시작된 풍속이지만 지금은 그 폐해가 너무 크다고 할까요? 은퇴를 하면 그런 데 쓸 수 있는 돈도 없어지겠죠. 그러니 아예 경조사 쫓아다니며 시간 버리고 돈 쓰는 걸 하지 마세요. 그동안 뿌린 게 너무 아깝다는 생각이 들면 몇 년 계획을 세워 서서히 실천하는 방법도 괜찮지요. 조금씩 가는 곳을 줄이면서 안 주고 안 받는 쪽으로 방향을 트는 거지요. 들인 돈 자꾸 생각하면 누구든 이 수렁에서 빠져나오기 어렵습니다. 경조사만 빼도 인생이 훨씬 간단해질 겁니다.”

그러나 말이 쉽지 사람의 풍속과 생각을 바꾼다는 게 어디 그리 쉬운 일일까? 하도 자신 있게 줄줄 읊어내기에 슬며시 물었다.

“그렇게 경조사에 안 다니면 욕은 안 먹나요?”

“욕이요? 왜 안 먹겠어요. 욕도 먹지요. 섭섭하다고 대놓고 뭐라고 하는 사람도 있어요. 하지만 사회운동을 하겠다는 사람이 그런 것에 일일이 구애받으면 변화에 앞장설 수 없잖아요. 제가 생각한 대로, 그대로 떳떳하게 밀고 나가는 거지요. 저 혼자 욕먹기 싫다고, 하던 대로만 하면 사회가 어떻게 변할 수 있겠습니까.”

돌아오는 대답이 너무 쉬워 웃음이 다 났다. 그의 대답에서 한결 정직한 힘이 느껴졌다. 하긴 참 맞는 말이다. 물론 혼자서는 도저히 해결할 수 없는 가난으로 일생을 허덕이는 사람도 많다. 강지원은 바로 그런 부분이 국가에서 해결해야 할 과제라고 단언한다.

“제 힘으로 살아갈 수 있는 사람도 있지만 사회 안에는 언제나 상황이 여의치 못한 사람들도 있지 않습니까. 다들 환경이 다르고 처지

가 다르니까요. 그러니 앞으로 나라에서 사회적 일자리를 많이 만들어
내야지요. 사회적 책임을 가진 일, 지자체의 일, 봉사적인 일인데 이윤
이 생기지 않아 시작하지 못했던 일도 많습니다. 그런 일을 자꾸 기획
해내고 인력을 연결해서 사회적 자본을 축적하는 방법을 써야 할 때지
요. 직장에서 퇴직했다고 일하지 못할 정도가 된 건 아니지 않습니까.
멀쩡한 사람에게 할 일이 없다는 건 참 괴로운 일이지요. 우리 사회가 앞으로 점차 확충해가야 하는 부분인 것 같습니다."

강지원이 보는 올바른 사회란 돈벌이가 최우선이 되지 않는 세상이다. 못난 사람과 잘난 사람이 함께 어우러지는 세상이다. 그 자신도 30년 된 검사 옷을 벗을 때 선언했다. 이제 평생 월급 받던 직장을 그만두었고 자식도 다 컸으니 돈벌이를 우선 명제로 삼지 않겠노라고. 그건 일을 안 하겠다는 단순한 의미가 아니었다. 오히려 일은 죽을 때까지 더욱 열심히 할 작정이다. 다만 경제적인 기준에 속박되지 않고 정말로 하고 싶은 일을 하겠다는 그만의 선언이었다.

"흔히 사람들은 일과 돈을 혼동합니다. 돈을 버는 일이 아니라면 일을 안 하는 것으로 착각하지요. 하지만 세상에는 돈이 되지 않지만 의미 있는 일, 보람 있는 일이 얼마나 많습니까? 그런 것들을 찾아서 죽을 때까지 열심히 일할 거예요. 돈에 얽매이지만 않는다면 치사하지 않고 기분 좋게 할 수 있는 일도 무궁무진하잖아요."

나만의 방향을 찾아
떠나는 길

갖은 행사와 방송 스케줄, 회의와 모임으로 빈틈없이 바쁜 강지원이기에 어렵게 시간을 잡았던 첫 번째 만남은 어느새 다음을 기약할 수밖에 없었다. 두 번째 만남은 마치 007 작전을 방불케 하듯 가까스로 이루어졌다. 일과를 끝내면 사당역에서 출발하는 직행버스를 타고 집으로 간다기에 무조건 그 근처에서 만나기로 했다. 만날 장소를 미리 물색하지 못한 채 이동하면서 전화로 약속을 하고 길에서 접선을 했다. 마음 같아서는 조용한 선술집에라도 들어가 이야기보따리를 풀고 싶었지만 강지원은 한사코 저녁은 집에 가서 먹겠다며 사양했다.

"되도록 저녁을 집에서 먹는다는 원칙을 지키고 있습니다. 이것저것 먹으며 때우는 것보다는 간소하게라도 집에 가서 먹는 게 건강에도 좋아요. 몸에 부담도 없고요. 그렇다고 집에 가면 아내가 한 상 떡 부러지게 차려놓고 기다리는 것은 아닙니다. 그런 건 아예 기대하지도 않아요. 아내도 사회생활을 하는 사람인데 얼마나 자기 생활이 바쁘겠어요. (그의 부인은 첫 여성 대법관을 지낸 김영란 판사다.) 집에 가서 아무도 없으면 제가 냉장고에서 간단하게 음식을 꺼내 혼자서 먹습니다. 아마 오늘도 돌아가면 혼자 먹게 될 것 같아요. 아내가 아이들 일로 어딜 가야 한다고 했거든요. 저도 어쩔 수 없이 옛날 남자고 남성 본위로 편하게 자랐으니 예전엔 저절로 기대하는 일이 많았어요. 사회적 약자나 여성의 어려움 같은 것에 생각이 미치지 않았다면 훨씬 다툴 일이 많았을 겁니다. 하지만 상대의 상황을 생각해보고 나니 많은 부분을 솔선해서 양보하게 되더군요. 알게 되니 눈에 보이고 그러다 보니 저절로 공감이 되는 거예요. 물론 아내도 많이 참았겠지요."

그의 말에 할 수 없이 언뜻 보이는 근처 제과점으로 들어갔다. 저녁 대신 빵으로 허기만 살짝 달래자면서 강지원은 다시 입을 열었다.

"사실 저는 제법 유복한 집안에서 태어났습니다. 아버지가 광양군수 시절에 저를 잉태하셔서 완도군수 시절에 낳으셨대요. 그래서 제 출생

지는 완도입니다. 하지만 공무원이었던 아버지가 또 광주로 집을 옮기셨어요. 결국 열 살 때까지는 광주에서 자라게 되었지요. 그러다 초등학교 3학년 마치고 서울로 유학을 왔습니다. 사람은 무조건 서울로 보내서 가르쳐야 한다고 생각하셨던 모양이에요. 부모님들의 교육열이 대단하던 시절이지요."

강지원은 일곱 남매 중 셋째였다. 첫째부터 순서대로 부모 품을 떠나 서울에서 학업을 시작해야 했다. 부모님 대신 할머니가 같이 올라와서 돌봐주신 적도 있었다. 그때는 무조건 "배워야 산다. 공부해라"라는 이야기만 듣고 자랐다. 그래서인지 형제들이 모두 공부를 열심히 했다. 다른 길을 찾을 수도 없었던 시절이지만, 전형적으로 출세 지향적인 엘리트 교육을 받은 셈이었다. 강지원은 대학을 나오고 행정고시를 거쳐 사법고시에 붙어 만 스물아홉 살에 초임 검사가 될 때까지 그렇게 열심히 앞만 보고 달렸다.

"잘한다 잘한다 하니까 그런 줄 알고 신나서 달린 거지, 이 길이 나에게 맞나 하고 생각해본 적도 없었어요."

그러나 강지원이 처음 검사로서 맞닥뜨렸던 세상은 부조리한 일 천지였다. 일종의 문화 충격이었다. 범죄와 분쟁이 상존하는 일터에서 그는 새로운 국면을 맞았다.

"죄를 짓고 오는 사람을 많이 보고 나니 생각이 바뀌더라고요. 물론 개인의 잘못 때문인 경우도 있었지만, 어떤 것들은 구조적인 문제에서 비롯되었거나 사회의 고정관념 때문에 만들어지는 것도 많았어요. 그제야 비로소 사회의 어두운 면을 많이 보게 된 겁니다. 이 와중에 죄를 묻고 벌을 준다고 해서 무슨 소용이 있을까 고민한 적도 많았어요."

이제껏 나름 평탄한 인생을 살아오면서 한 번도 염두에 두지 않았던 생각들이 파편처럼 날아와 그를 쪼아댔다. 사회적 약자에 대한 시선이 조금씩 달라지기 시작했다.

"초임 검사 시절이었어요. 15살짜리 아이가 오토바이를 자꾸 훔쳐서 철창을 드나드는 거예요. 멀쩡한 아이가 왜 그렇게 자기 인생을 망치는지 하도 답답해서 불러다 물어봤지요. 그때 정말 놀랐어요."

그날, 오토바이를 상습적으로 훔치는 문제아로 낙인찍혔던 아이는 검사였던 강지원 앞에서 펑펑 눈물을 터뜨렸다. 이제까지 자기에게 무언가를 물어보고 끝까지 들어준 사람이 없었다는 고백과 함께……. 아이의 울음 섞인 호소에 강지원의 가슴도 슬며시 뜨거워졌다.

"아이들 하소연을 듣다 보면 다들 그럴만한 사연이 있어요. 걔네들이 괜히 못돼서 그런 게 아니더라고요. 가정 형편과 관련된 문제도 많지만, 청소년 대부분은 자기가 하고 싶은 걸 못하게 해서 많이 방황하고 있었어요. 그 일을 계기로 많은 생각을 하게 됐지요. 하고 싶은 걸 찾아서 자기 인생을 살면 나쁜 길로 빠지지 않고도 행복하게 잘 살 수 있는 아이들을 왜 범죄자로 만들어야 하나 싶었지요. 뭔가 이 사회를 변화시키지 않으면 앞으로도 많은 아이들이 부당하게 불행해지겠다는 생각이 자꾸만 들었던 거예요."

그때부터 그는 청소년 문제에 관심을 갖기 시작했다. 검사로서 재직하면서도 사회적으로 청소년들에게 힘이 된다면 어디든 달려가겠다는 그만의 방향이 생긴 것이다.

"내 나이 마흔 즈음, 공안부 검사 시절에 정치적 성향이 농후한 상사를 만났어요. 그와 대판 싸우고 다른 부서에 배정받으려고 공판부를 자원했습니다. 그렇게 맡은 자리가 서울보호관찰소장을 겸하는 자리였어요. 운명적으로 그때부터는 검사 활동보다 청소년 선도 활동이나 사회 개혁 활동에 빠져들었습니다. 죄를 짓고 들어오는 아이들이 그들만의 잘못 때문에 그렇게 된 게 아니라는 생각이 드니까 벌을 주는 것보다는 선도 효과를 자꾸 생각하게 되었지요."

1989년 서울보호관찰소장을 맡은 것을 계기로 그의 청소년 선도 활동은 좀 더 체계적이고 의욕적으로 전개되었다. 보호관찰소에 들어오는 아이들에게 벌을 주는 대신 봉사할 수 있는 기회를 주어 정신적인 회복을 꾀하기로 한 것이다. 당시만 해도 대학생들의 '농활'이 일반인들에게 알려졌던 거의 유일한 봉사활동일 정도로 '봉사'에 대한 개념 자체가 정착되지 않았던 시절이었다.

"처음엔 일정한 작업량만 완수할 수 있도록 기계적인 일을 맡기는 '대물봉사'만 도입했어요. 벌을 주는 것보다 훨씬 낫더군요. 자긍심이 생기니 아이들 얼굴까지 환해졌어요. 나중엔 용기를 내어 장애인이나 아픈 사람을 돌보게 하는 '대인봉사'까지 시도했습니다. 범죄를 저지르며 거친 환경에서 살았던 아이들이라 봉사활동 도중 사고를 치면 어쩌나 겁이 났는데, 효과가 만점이었어요. 다들 미처 밖으로 내보이지 못했던 아름다운 마음이 가슴 깊은 곳에 숨어 있었던 거예요. 남에게 도움을 주고 싶고, 서로 감사하고, 서로 이해하는 예쁜 마음이요. 그런 변화를 바라보면서 저 스스로 사람에 대한 신뢰를 더욱 굳힐 수 있었

습니다. 환경을 바꾸면 사람들은 얼마든지 행복해지고 좋아질 수 있다는 믿음 말입니다. 이런 데서 큰 보람을 느끼게 되니까 다른 부서에 갈 마음이 도통 들지 않습니다. 이후로도 검사 활동보다는 그런 식의 사회운동에 더욱 많은 관심을 기울였지요."

자신의 말대로 강지원은 검찰에 있으면서도 청소년을 위하는 일이라면 언제나 앞으로 나섰고 1997년부터 2000년까지는 청소년보호위원장을 겸임하기도 했다. 청소년 선도와 관련된 일로 대중매체에도 얼굴을 자주 비쳤다. 그러다 그는 2002년에 검사직을 떠나기로 결심했다.

"검사를 그만두고 본격적인 사회운동가로 변신했던 때는 어머님이 돌아가신 뒤였어요. 우리 어머니가 옛날 노인네이다 보니 자식이 검사가 되었다고 여간 좋아하지 않으셨거든요. 그런 어머니의 기쁨을 저버리기 어려워서 생각보다는 검사 생활을 오래했지요. 검사가 제 적성에 꼭 맞지 않았어요. 그런데 검사로 일하는 동안에도 언론과 방송으로 끊임없이 인연이 닿았어요. 왜 그럴까 곰곰이 생각해보니 그것도 다 이유가 있더라고요. 제가 학창시절에 방송반 활동을 했거든요. 공부에 밀려 미처 계발을 할 새가 없었던 거지, 이런 쪽으로는 학생 때부터 흥미가 있었던 거지요. 그걸 나중에 깨닫고 보니 웃음이 나더라고요."

사람은 타의에 의해 뭔가를 억지로 하더라도 결국은 본래 모양대로 복구를 하는 속성이 있다. 이런 경우가 바로 그랬다.

"그러니 남의 힘으로 왜곡되어 먼 길을 돌아가지 않고 처음부터 자기 인생을 잘 펼 수 있도록 도와주는 게 얼마나 중요하겠어요. 한 번 사는 인생일 뿐이잖아요. 이게 제가 늘 아이들에게 자기의 고유한 적성을 살려 키워주라고 주장하는 이유입니다. 지금 저는 하고픈 일만 마음껏 하면서 사니까 바빠도 언제나 즐겁고 활력이 넘치거든요."

성공이
대체 뭐요?

강지원은 검사 시절이던 1982년 당시 판사이던 김영란과 결혼했다. 첫 여성 판사와 검사의 결혼은 화제가 되기에 충분했다. 당시 두 사람의 결혼식 장면이 9시 뉴스에 나왔을 정도였다. 그러나 부부의 결혼생활은 '서로 다르다'라는 당연한 사실을 인정해나가는 과정이었다. 부모님을 모시고 살았던 터라 갈등도 많았다. 판사와 검사의 싸움이라 해도 평범한 사람들의 부부싸움과 다를 바 없었다.

"부부싸움에는 정답이 없어요. 아니, 정답을 찾으려고 하면 안 돼요. 다만 상대가 옳을 수도 있고, 서로가 다를 수 있다는 점은 인정해야죠."

다름을 인정하는 것은 자녀를 키울 때도 마찬가지였다. 그래서였을까? 슬하에 있는 두 딸은 모두 대안학교에 보냈다. 전형적인 기준에서 벗어나 다름을 인정해보자는 당연하고도 어려운 실천이었다.

"결혼 전부터 청소년 문제에 관심을 쏟다 보니 우리 아이들은 정말 자유롭게 키우고 싶었어요. 획일화된 제도권 교육이 아이들의 자연스러운 성장을 방해하고 있다고 생각했기에 애들이 크면서 대안학교를 찾아 나섰지요. 첫째아이는 담양에 있는 한빛고등학교로 보냈어요. 당시에는 대안학교도 많지 않아서 선택의 폭이 아주 좁았습니다. 그런데 집과 너무 멀어서 불편했어요. 현실적으로 부족한 부분도 자꾸 눈에 보이고요. 둘째아이를 보낼 때는 아예 바람직한 대안학교를 구상하며 그동안의 경험을 살려 직접 설립하는 데 힘을 보탰습니다. 그래서 만들어진 게 분당의 이우고등학교입니다. 둘째는 거기를 다녔어요. 지금도 두 아이들은 다들 저희들 하고 싶은 대로 자기의 적성과 꿈을 찾아서 제 인생을 찾아가고 있습니다."

그런데 강지원이 이런 말을 하면 사람들이 꼭 묻는 말이 있단다. '그

래서 지금 애들 교육은 성공했나요?'

"아니, 제가 그걸 어찌 알겠습니까? 아직도 아이들은 살아가는 중인데. 남이 보는 성공이 도대체 뭔가요? 아이들은 각자 타인의 잣대에 휘둘리지 않고 자신이 하고 싶은 대로 제 인생을 펼칠 권리가 있어요. 그 결과까지 남들의 기대에 맞춰야 하는 건 아니죠. 난 순수하게 아이들이 자신의 길을 고민하며 찾아가길 부모로서 성원할 뿐이에요. 이젠 다들 그런 것에서 서로 좀 자유로워졌으면 좋겠어요."

시원시원한 그의 말을 듣고 있자니 갑자기 부모 자식 간에 족쇄처럼 연결되어 있던 자녀 교육 성공 신화의 부담에서 완전히 해방되는 느낌마저 들었다. 교육 방법뿐 아니라 그 결과까지 순수하게 아이들에게 귀속시켜주는 것, 그것이야말로 제대로 된 독립이 아닐까.

"제가 처음엔 청소년 문제로 출발하며 새로운 의식을 갖게 됐지만 이것이 다른 것들과 동떨어진 문제가 아니잖아요. 거기에 연결되는 가정환경이 있고, 학교 제도가 있고, 또 사회 전체가 유기적으로 작용을 하는 거니까요. 이렇게 근원을 찾아가다 보니 가정 문제, 학교 문제, 교육개혁 문제, 복지 문제, 사회부조리 문제 등 한이 없습니다. 할 일이 점점 많아졌지요. 사회적 약자에 대한 관심과 생각도 진화했어요. 아동이나 청소년에서 시작하다가 나중에는 여성, 장애인, 빈자 문제로도 왔지요. 그런데 가정에서 엄마나 딸이 제대로 자리를 지키려면 아버지 역할도 아주 중요합니다. 그래서 저녁 약속을 안 하게 된 겁니다. 될 수 있는 한 일과가 끝나면 땡 하고 집으로 귀가하지요. 할 수 없이 늦어질 때도 밖에서는 되도록 식사를 안 해요. 저녁 약속과 술 약속이 은연중에 많은 여성 문제를 야기하니까요."

그들 부부는 각자 바깥일이 워낙 많은 처지라 집안 생활은 되도록 담백하게 꾸려간다. 몇 년 전 탈서울작전을 실천하기 위해 경기도 화성에 거처를 마련했다가 2년간 어릴 적에 살던 동네에서 한옥 생활 체험을 하려고 월세집을 얻어 살았다. 지금은 다시 화성의 아파트에 돌아가 산다.

"한옥은 참 아름다웠지만 힘든 점도 있었어요. 좁고, 벌레도 많았지요. 집에 끊임없이 정성을 들이고 손길을 주어야 했어요. 집도 하나의 생명체라는 걸 그때 깨달았지요. 그런데 우리 부부의 사정이 그렇지 못했으니 어느새 집이라는 게 또 다른 짐이 되더군요. 그때 결심했어요. 집을 유지하는 데 너무 큰 에너지를 들이지 말자고. 우리 부부에게는 하고 싶은 다른 일이 많거든요. 우리에게 차가 없으니 지금 사는 곳이 조금 멀게 느껴질 때도 있지만 그것도 그냥 직행버스 타고 앉아서 생각을 정리하는 시간으로 활용하고 있습니다. 일부러 운동할 시간을 따로 못 내니 걸어 다니면 저절로 운동도 되고, 일석이조예요."

바깥에는 어느새 어둠이 내려앉아 있었다. 저녁도 제대로 먹지 못한 채 이야기가 너무 길어졌다. 자리를 정리하고 헤어지기 전에 마지막으로 물었다. 다른 사람의 잣대에 휘둘리지 않고 오늘날과 같은 삶을 찾아갈 수 있었던 인생의 기본 철학은 무엇이었는지. 그 질문을 듣자마자 강지원은 이미 많이 생각했거나 자주 받았던 질문인 듯 볼펜을 꺼내어 다음과 같이 썼다.

'慎獨(신독)'

"홀로 있을 때도 매사를 도리에 어그러지지 않게 살려고 하는 마음입니다. 일희일비하여 편파적으로 쏠리는 마음을 자제하고 항상 중용의 도를 지켜나가면서 자신을 엄중히 다스리려는 상태이지요. 타인에게 인정받기 위해서가 아니라 스스로 좀 더 나은 사람이 되기 위해 항상 마음을 다듬는 겁니다. 쉬운 말로 양심을 올바로 세우는 거지요. 앞으로도 더욱더 회개하고 참회하고 반성하는 삶을 살도록 노력해야겠다고 생각하고 있습니다."

누구에게나 웃으면서, 다정하게, 격의 없는 몸짓으로 나타나 함께 잘 살아가는 방향에 대해 이야기하고자 하는 사람. 강지원은 결국 자기의 양심에 어긋나지 않게 살며 다른 모든 사람도 그렇게 살아가기를 꿈꾸는 소년이다. 아무도 고통받지 않고, 누구나 제자리를 찾아 행복할 수 있는 이상향을 구현하기 위해 그는 오늘도 생각하고 또 생각하며 뛰고 또 뛴다.

가만히만 있어도 남들에게 인정받는 명예를 얻을 수 있었던 강지원. 꾸준한 정치권의 러브콜을 물리치고 자기에게 꼭 맞는 일거리를 찾아 항해를 계속하면서 마침내 행복한 열정을 불태우고 있는 그의 삶은 그 자체로 젊은이들에게 또 하나의 캠페인을 시연하는 것처럼 보였다. '세상의 성공에 좌우되지 마라. 네가 느낄 수 있는 행복이 곧 너의 성공이다'라고.

자리를 파하고 그를 보내고 나서도 한참이나 묘한 여운이 남았다. 저렇게 먼저 가며 오솔길을 내어주는 사람이 있으니 따라가는 후생이 어찌 즐겁지 않겠는가. 헤어지면서 소리 없는 마음의 박수를 보냈다. 돌아오는 길에는 콧노래가 저절로 흥얼거려졌다.

인터뷰어 | 김정은

우리는 세상을 바꿀 수 있다고 믿는다

/ 여덟번째

이 세상에서 가치 있는 일을 한 사람 중에
베푼 것보다 받은 것이 많은 사람은 없다

● 이 찬 승

바위에 달걀 부딪치기라는 속담이 있다. 보잘것없고 힘없는 것으로 철옹성 같은 세력에 대항하는 사람을 빗대어 이르는 말이다. 이찬승이 교육을 바꾸겠다는 간판을 내걸고 교육개혁운동에 뛰어들었을 때도 세간의 평가는 그와 비슷했다. "달걀로 바위 깨기 아니겠어?" 누구나 그렇게 생각하는 것이 당연했다. 교육은 신도 바꾸지 못한다는 인식이 사람들의 머릿속에 뿌리 깊게 박혀 있었으니까.

2009년, 이찬승은 영어교재 출판 전문회사 능률교육을 돌연 매각하고 '교육을 바꾸는 사람들'이라는 공익단체를 세웠다. 회사는 연 매출 500억 달성을 바라보며 정상 궤도를 달리던 차였다. 그 소식을 접한 사람들은 누구나 놀랄 수밖에 없었다. 30년간 기업을 경영하던 사람이 갑자기 교육개혁운동에 뛰어든 것은 세계에서도 찾아보기 힘든 사례다. 번 돈을 교육기관이나 공익단체에 기부하는 일은 많지만, 자신이 직접 교육 문제를 분석하고 스스로 해법을 연구하여 실천에 나서는 경우는 매우 드물다. 급작스러운 방향 전환의 속내에는 그만큼 치열했던 이찬승의 고민이 숨어 있었으리라.

세상은
자꾸 변합니다

교육을 바꾸는 사람들(이하 교바사)은 이름 그대로 대한민국 교육을 근본적으로 새롭게 디자인하는 데 관심이 있다. 이찬승은 자신의 사재를 털어 교바사를 설립하고, 현재의 비전 "모두가 성장하는 교육(Education for Everybody Grows)"을 실현하는 사회를 만들겠다고 선언했다.

이찬승을 만나러 사무실에 들어섰을 때도 층마다 크게 내걸린 이 문구가 가장 먼저 눈에 들어왔다. 사무실 벽면 한쪽에는 세상을 변화시킨 여성 인류학자 마거릿 미드(Margaret Mead)의 글귀도 적혀 있었다.

"우리는 사려 깊고 사명감이 강한 작은 시민단체가 세상을 바꿀 수 있다고 굳게 믿는다. 실제 세상을 바꾼 것도 그런 단체들뿐이다."

교바사는 이제 겨우 설립 5년차에 접어들었다. 그러나 교육 관련 시민운동단체나 운동가들은 교바사가 자신의 역할을 비교적 짧은 기간에 차별성 있게 잘해내면서 꾸준한 신뢰를 쌓아가고 있으며, 앞으로의 모습이 더 기대된다고 입을 모은다. 65세의 이찬승은 그곳에서 청년보다 뜨거운 열정을 발휘하는 중이었다.

"저는 1980년에 우리나라 영어 교육의 질을 한 단계 끌어올리겠다는 꿈을 품고 능률교육(그 당시 이름은 능률영어사)이라는 회사를 세웠습니다. 그 당시 사업 환경이 참 좋았습니다. 아직 우리 사회가 좋은 책을 만드는 기술 수준이 낮았을 때였지요. 저의 첫 번째 히트작이 세 권으로 된 『60단계 이찬승 미국어 HEARING』이었는데 그 당시 장안의 화제였습니다. 그때는 유학을 가는 사람들이 가장 취약한 부분이 듣기였는데, 이를 체계적으로 훈련할 수 있는 교재가 많지 않았습니다. 외국에서 나온 회화 교재를 구해 보거나 AFKN(주한미군방송)에서 내보내는 뉴스와 드라마를 청취하는 것이 고작이었지요. 그때 제가 60단계로 배우는 미국어 청취 책을 펴냈으니 영어권으로 유학을 가는 사람들에게는 필수적으로 공부해야 하는 책이 되었죠.

그다음으로 나온 히트 참고서가 지금의 『능률 VOCA』였습니다. 그때는 단어를 어원으로 배우는 것이 유행이었어요. 『Word Power』나 『Vocabulary 22000』이 인기였지요. 바로 이때 중·고교생들도 어원을 통해 단어를 배우면 좋지 않을까 생각해서 낸 책이 『능률 VOCA』예요. 『능률 VOCA』는 현재까지 1년에 20만 부 이상 팔리고 있고, 30년 이상 변함없이 베스트셀러의 자리를 지키고 있지요."

인기 영어 교재를 만들어낸 이찬승의 전공은 원래 영어가 아닌 수학이었다. 서울대학교 수학교육과를 나오자마자 교직으로 나가지 않고 무역회사에 취직했다. 대학교 때 전공보다 더 열심히 공부한 영어를 사용해 더 넓고 다양한 세상을 접해보고 싶었기 때문이다. 그도 그럴 것이 그가 취직을 할 당시(1975년)는 일반인의 해외여행은 금지되었고, 무역회사를 통해서나 바깥세상을 구경할 수 있었다. 1988년 올림픽을 기해서야 이런 제약이 풀렸다.

그런데 무역회사에 들어가 일을 해보니 외국 회사와 주고받는 영문 편지가 영 마음에 들지 않았다. 누가 봐도 김치 냄새 풀풀 나는 영어였다. 지금 생각하면 그런 영어도 훌륭한 영어인데 그 당시에는 버터 냄새 나는 영어가 좋은 영어라는 편견이 지배했다.

이찬승은 제대로 된 무역영어를 보급해보자는 생각에 경험도, 돈도 없었지만 직장 생활 2년 반 만에 사표를 쓰고 영어 교육 사업에 뛰어들었다. 수많은 시행착오를 겪으며 많은 빚을 졌다. 그때는 사채를 얻어 사업을 했는데 사채 이자가 싼 것이 월 3.5퍼센트이고 4퍼센트가 보통이었던 살인적인 금리 시대다. 그러다 마지막 생존 수단으로 경험도 없던 학원 강의를 시작했다. 운 좋게 미국어 청취 분야 최고의 인기 강사가 되어서 다행히 파산을 면했다. 그렇게 학원에서 강의를 하면서 틈틈이 쓴 책이 연속 히트를 하자 이찬승은 출판사를 좀 더 본격적으로 운영하고자 1988년 만 40세를 기점으로 학원을 떠나 영어 교육 출판에 전념했다. 운 좋게 낸 두 책이 스테디셀러가 됨으로써 출판사 규모를 키우고 영어 출판의 영역을 확장하는 데는 아무런 어려움이 없었다. 그때 이런 생각이 들었다.

"아, 능률교육이 좋은 책을 내면 다른 출판사들이 이걸 참고해 더 좋은 책을 낼 것이고 그러면 출판계 전체의 교재 질이 전반적으로 좋아지지 않을까?"

'열 권의 평범한 책보다는 한 권의 탁월한 책을 내겠습니다.' 이것이 회사의 철학이고 전략이었다. 이찬승은 자신이 추구하는 가치대로, 먼저 최고의 질을 만들어낼 수 있는 사람에게 투자를 했다. 뛰어난 인재가 들어와 자신의 능력을 최대로 발휘하고 동시에 보람을 느낄 수 있는 환경을 조성했다. 당시 이찬승의 출판 기획 방식은 독특했다. 책을 쓰는 사람은 대개 출판사 밖에 있는 저자다. 그러나 그가 경영하던 회사는 그렇지 않았다. 책의 저자는 대부분 내부 연구원들이었다.

"개인이 혼자서 책을 쓰면 아이디어가 얼마나 빨리 고갈되겠어요. 다양성도 부족할 거고요. 그래서 저는 서너 명씩 연구원들을 묶어서 저자 역할을 하게 했어요. 백지장도 맞들면 낫다는 속담이 있잖아요. 서너 명이 아이디어를 내면 훨씬 더 수준 높은 책을 쓸 수 있다는 믿음이 있었습니다. 이런 전략은 100퍼센트 맞아떨어졌고 내는 책마다 대부분 스테디셀러가 되었지요. 타사 직원들의 이름은 책 마지막 판권 페이지에 편집자로 기록되지만, 능률교육의 연구원들은 당당히 저자로 이름이 올라가지요. 그러니 얼마나 더 열심히 연구하고 정성을 다해 책을 내겠어요?"

능률교육은 얼마 지나지 않아 학습서적 분야의 선두 그룹에 자리를 잡았다. 『60단계 이찬승 미국어 Hearing』과 『능률 VOCA』를 포함해, 중·고교생의 독해 교재와 청취 교재의 바이블 격이었던 『리딩 튜터(Reading Tutor)』『리스닝 튜터(Listening Tutor)』 등이 모두 그의 80년대 작품이다. 어떤 집에 가보아도 중·고교생 책상 위에 그가 쓴 책 한두 권이 꽂혀 있을 정도였다.

매력적인 기업 문화 덕분에 우수한 인재가 꾸준히 유입되었고, 자연히 최고 품질을 갖춘 상품이 나오지 않을 수 없었다. 그런 까닭에 능률교육에 근무했다는 경력만으로 타 출판사들이 다투어 스카우트해 가려는 분위기가 오늘날까지 이어지는 정도라고 한다.

이찬승은 거기서 멈추지 않았다. 재투자를 통해 교재의 질을 높이는 데 집중했다. 자신이 쓴 책의 인세도 회사에 무상 증여했다. 그것이 회사를 튼튼하게 하고, 그럼으로써 최고의 질을 만들어낼 수 있는 방법 중 하나라고 믿었기 때문이다.

"저는 기업을 운영하는 사람이 성과와 이윤에만 매달리면 위험한 유혹에 빠지게 된다고 생각합니다. 기업이 사회적인 가치를 추구하며 모든 노력을 아끼지 않을 때 고객도 가치를 인정해줍니다. 그것이 매출과 이익으로 나타나야 건전한 상생의 경제활동이 되는 것이죠."

이찬승의 생각은 맞아떨어졌다. 다른 출판사들도 덩달아 능률교육의 뒤를 바짝 쫓아왔고, 업계 전체의 질이 높아졌다. 결과적으로 이찬승이 추구하는 가치는 능률교육을 통해 사회 공헌에 이바지하게 된 셈이었고, 그런 점이 거꾸로 능률교육의 성공 요인이 되었다.

"소비자가 가장 원하는 걸 만들어내면 자연히 인정을 받게 되어 있습니다. 많은 회사가 중간 정도 품질의 물건을 만들어 마케팅으로 승부를 걸려 하지만 저는 항상 '최고의 질'을 추구했습니다. 질에 대한 고객의 인정이야말로 회사의 성공과 이익을 담보할 수 있는 가장 중요한 요소예요."

그러나 이찬승은 놀랍게도, 자신이 오직 '최고의 질'을 만들기 위해 열정을 바쳐 30년이나 키운 회사의 회장직을 미련 없이 포기하고 경영권에서 손을 떼었다. 그때가 2009년이었다.

"세상은 자꾸 변합니다. 교육은 그보다 더 빠르게 준비를 해야 하는 분야입니다. 미리 변화를 파악하고 적절한 대응을 하면서 남을 이끌어야 하는 사명이 있으니까요. 우리 회사도 마찬가지였어요. 출판 중심으로 교재를 만드는 것에는 시대적인 한계가 온 것이지요. 향후에는 디지털 교재나 e러닝 프로그램처럼 IT를 접목하는 방향으로 발전해야 하는데 저는 그런 쪽에 취약한 세대였습니다. 그런 사업은 디지털 원주민과 같은 능력을 가진 젊은 리더가 이끌어가는 것이 사회를 위해서, 또 능률교육을 위해서라도 더 바람직한 길이라고 생각했지요. 주위에서는 자신이 창립한 데다 여전히 잘나가는 회사를 구태여 매각하지 말고 회장 역할을 하면서 편하게 여생을 보내는 것이 낫지 않겠냐는 조언도 했지만 띠가 소띠라 그런지 편한 삶보다는 새로운 것에 도전하는 삶이 더 좋았어요."

교육을 새롭게
디자인할 수 없을까

이찬승이 다음 단계로 해야겠다고 생각한 일은 이미 결정되어 있었다. 그것은 단 한 가지였다. 바로 대한민국 공교육을 새롭게 디자인해보겠다는 꿈.

능률교육을 운영하는 동안 그는 틈만 나면 해외의 굵직한 영어교육 학회, 미래학회, 교육학회 등을 다녔다. 새로운 것을 배우고, 틀에 갇

힌 사고에서 벗어나기 위해서였다. 20세기 후반이 되자 많은 학회들이 21세기를 어떻게 준비해야 하는지에 대해 주목했다. 그중 대표적인 것의 하나가 소위 '21세기 스킬'이라는 것이었다.

21세기 스킬이란 21세기를 성공적으로 살아가기 위해 갖추어야 할 역량과 기술을 뜻했다. 21세기는 일하는 방식, 일하는 도구, 부의 창출, 경쟁력의 원천 등이 20세기와 매우 달라 학습의 중요성, 창의적 문제 해결 능력, 지식의 홍수 속에서 지식의 옥석을 가리는 데 필요한 비판적 사고 능력, 빠른 변화 속에서의 적응 능력 등이 점점 더 강조되기 시작했다.

그러나 우리나라에서는 21세기 초가 되어도 이런 논의가 전혀 없었다. 하루빨리 21세기에 맞는 교육을 해야 하는데 한국은 너무 잠잠했다. 이찬승은 세계 수준의 학회에서 오가는 얘기 중 국가 차원에서 관심을 가져야 할 것들을 배워 공유할 필요성을 강하게 느꼈고, 이런 역할이 일정 부분 사회에 도움이 될 수도 있겠다는 생각을 하게 되었다. 여기에 확신이 더해지자 그간 애지중지하던 기업을 매각하는 데 망설일 이유가 없었다.

이찬승은 스스로 위기감을 느꼈다. 학교 시스템을 개편하고 교육 개혁을 해야 아이들이 미래를 살아나가는 데 필요한 비판적 사고 능력, 창의적 문제 해결 능력, 협동 능력, 커뮤니케이션 능력을 키울 수 있는데 교육 현실은 여전히 지식 습득 위주의 공부로 일관했다. 공부 못하는 아이들은 일상적으로 수업에서 배제되고, 자존감을 잃어갔다. 무기력만 학습하는 아이들에 대해 눈감고 있는 사회가 미웠다. 이런 상황을 묵인하는 것은 일종의 폭력과도 같았다.

해외 학회에서 다루는 내용 중 또 하나 이찬승의 주목을 끈 것은 뇌과학을 비롯한 학습과학의 눈부신 발전이었다. 21세기 아동은 소위 '디지털 폭격' 속에서 살고 있다. 혼자서 디지털 기기를 가지고 보내는 시간이 대폭 늘어나 집중하는 시간이 짧아지고, 자극적인 비주얼 콘텐츠에 일상적으로 노출되다 보니 감정을 다스리는 뇌의 부위가 늘 과활성화되어 있다. 이 때문에 미래의 더 큰 이익을 위해 참을 수 있는 능력이 현격히 줄어든 충동적 성향의 뇌를 갖게 되었다.

이렇게 아이들의 뇌는 크게 변했는데 학교는 아날로그식이었다. 여전히 단편적인 지식 전달 수업이 대세를 이루니 아이들의 뇌는 집중할 수 없게 되고, 특별한 소수를 제외하면 수업 시간에 잠을 자거나 떠들며 돌아다니는 현실이 만들어졌다. 우리 사회는 아동과 청소년의 뇌에 일어나는 변화를 잘 모르고 있었다. 가르치는 내용, 가르치는 방법, 배운 것을 표현하는 방식 등이 송두리째 바뀌지 않는다면 아이들은 수업에 집중할 수 없다. 이것이 바로 오늘날 교실 붕괴를 가지고 온 결정적인 요인이기도 하다.

그래서 교바사는 3년 전부터 한국뇌기반교육연구소를 설립해 뇌친화적 교수학습법을 연구한다. 최근에는 '뇌친화적 교수학습원리 40'을 개발하고 교사 연수를 거쳐 공교육에 이를 전파하고 있다. 이를 통해 한국의 교실 붕괴 현상뿐만 아니라 학습 부진의 예방과 보정에도 크게 기여할 수 있을 것으로 믿고 있다.

기대할 수 없는 것을 기대할 때
아이들은 빗나간다

지금 이찬승의 관심사는 다양하다. 현재의 학교교육을 정상화하기 위해서는 아동과 청소년의 사회성, 감성 지능을 높이지 않고는 불가능하다는 생각이다. 사회성, 감성 지능의 핵심은 사회생활 속에서 타인의 생각과 감정을 읽고 공감하거나 바르게 판단하고 대응하는 능력이다. 이런 지능이 발달하지 못하면 사람들과 정상적인 관계를 맺을 수 없다. 교사를 늘 힘들게 해서 교사의 미움을 살 수도 있고, 또래와 어울리지 못해 따돌림을 당할 수도 있다.

"공부 잘하는 아이는 계속 주목받고 칭찬받지만 그렇지 못한 아이들은 점점 뒤처지게 됩니다. 선생님이 성적 향상에만 관심을 두고 가르치다 보면 말썽을 피우고 공부 못하는 애는 자연히 미워 보입니다. 사실 미운 짓 하는 아이들이 보살핌을 가장 필요로 하는 아이들이에요. 그런데 교사도 인간이다 보니 업무가 과중해지는 것보다는 편한 쪽을 선호하지요. 그런 식으로는 개선할 기회가 생기지 않아요. 실제로 말썽을 부리는 아이들은 가까이에서 좋은 품성이나 감성, 인성 모델을 제대로 보지 못하고 크는 경우가 많습니다. 괜히 못돼서 그러는 것이 아니에요. 공부 못했다고 부모에게조차 무시당하는 판인데 그 아이들이 어디 가서 도움을 받고 위로를 얻겠습니까."

아이들의 답답한 상황이 머릿속에 그려지는 듯 이찬승은 한참 동안이나 말을 끊고 생각에 잠겼다. 볼펜 끝으로 오랫동안 책상 위를 두드

리더니 이어서 피아노 건반 이야기를 꺼냈다.

"아이들은 다양한 감정이나 정서에 바르게 반응할 수 있을 때 원만한 대인관계를 맺고 살아갈 수 있습니다. 관련 연구에 따르면 인간은 '슬픔, 기쁨, 역겨움, 분노, 놀라움, 두려움'과 같은 여섯 가지 감정을 가지고 태어납니다. 가르쳐주지 않아도 알 수 있는 거지요. 이와 달리 '겸손, 관대함, 감사, 공감 능력, 동정심, 인내심, 수치심, 협동심, 낙관주의, 열정' 등과 같은 것은 배워서 익힐 수 있는 감정이고 매너라고 합니다. 그런데 후자의 감정은 어른들이 모델이 되어줌으로써 가장 잘 배울 수 있다고 알려져 있습니다.

아이들의 마음속에 들어 있는 갖가지 감정은 다양한 소리를 낼 수 있는 피아노 건반 같은 것입니다. 골고루 익히고 연습을 해야 좋은 소리를 낼 수 있을 텐데 충분한 연습이 되지 않으면 건반이 아예 녹슬어서 잘 작동하지 않을 수도 있습니다. 특히 문제아동으로 낙인찍힌 아이들은 대개 이런 사회적, 감성적 자질을 가정에서 배우지 못한 경우가 많이 있습니다. 하지만 이들이 학교에 왔을 때 교사들은 당연히 아이들에게서 그런 자질을 기대하기 때문에 문제가 발생합니다. 아동들은 어떤 경우에 어떤 언행을 해야 하는지를 제대로 배우지도 않았는데 어른들이 기대하는 대로 하지 못했다고 야단을 치고 벌을 주니 억울함을 느끼게 되지요."

그가 미국에서 뇌기반교수학습 원리 연수를 받을 때 충격적으로 들었던 내용이 있다. 바로 뇌기반교육의 세계적 대가 중 한 사람인 에릭 젠슨(Eric Jensen)이 한 말이다.

"아이들에게 기대할 수 없는 것을 기대할 때
아이들은 빛나갑니다."

    이찬승은 미국의 부유한 부모들은 아이들에게 책을 읽어주는 비율
이 60퍼센트를 넘는 반면에, 가난한 집 부모들은 채 30퍼센트에도 미
치지 못한다는 조사 결과를 내밀었다. 그러면서 한국의 많은 가난한
집 부모들 중 실제로 책 한 권 읽어주지 못했던 사람도 많을 것이라고
말을 이었다.

    "가난은 아이들의 뇌에 뿌리 깊게 영향을 미치죠. 아이들은 자라면
서 점점 학습이 불가능한 상태에 빠져듭니다. 이런 아이들을 어떤 방
법으로든 다시 학습이 가능한 상태로 만들기 위해서는 가정과 학교,
그리고 사회에서 같이 연구하고 방법을 개발해서 보급해야 해요. 이
부분이 제가 앞으로 여생을 걸고 해결해야 할 과제라고 생각합니다."

    물론 이찬승은 이 모든 것이 일생을 건다는 의욕만으로 해결하기에
는 너무도 거대한 문제라는 것도 알고 있다. 교바사는 그런 까닭에 '어
떤 개혁과 변화에 집중할 것인가'에 대해 많은 고민을 한다. 지금은 방
과 후 갈 곳이 없는 아이들을 위해 지역아동센터 아동들을 위한 교육
프로그램 공급, 교실 붕괴를 해결할 새로운 학습과학(예를 들어 뇌기반
교수학습원리) 전파, 지금의 교육 불평등을 완화할 새로운 대안 모색 등
크게 세 가지 분야의 사업을 활발하게 실천하고 있다.

    첫째, 소외계층을 위해서는 지역공부방 교사를 양성해 프로그램과
함께 지역아동센터에 파견한다. 둘째, 학교교육의 질을 높이고 붕괴된

교실을 정상화하기 위해서 교사들을 대상으로 '뇌기반교육운동'을 펼치고 있다. 셋째, 소외받고 배제되는 아동이 없는 소위 '모두가 성장하는 교육'을 디자인하기 위해 다양한 연구와 토론회를 정기적으로 개최하고 있다.

그중 교바사가 요즘 정성을 들여 진화시키고 있다는 '잉어빵 프로그램'에 흥미가 갔다. 이름부터 재미있었다. 교육 현장에서는 언제나 원론보다 구체적인 방법에 부족함을 느끼는 터라 아이들을 키우는 부모로서 자연스럽게 관심이 동했다. 어른 노릇의 반은 아무래도 사회적 교육자로서의 역할이 아닐까. 그런 의미에서 우리 모두는 일정 부분 교육적인 책임감에서 아주 자유롭기는 어려울 것 같다. 질문에 이어진 그의 설명은 매우 꼼꼼하면서도 열의에 넘쳤다.

"잉어빵 프로그램은 학교 밖 아이들, 갈 곳 없는 아이들에게 희망을 주기 위해 교바사가 실험 운영하고 있는 영어 교육 프로그램입니다. 지금은 주로 영어를 잘하는 어머니들을 채용해서 영어 교수법과 지도 방법을 충분히 연수시킨 다음 계약된 지역아동센터로 파견합니다. 그러고 나서 정기적으로 교사들의 지도 과정을 모니터하고 피드백을 제공하면서 교육의 질을 지속적으로 높여가는 거지요."

다른 영어 교육 프로그램과의 큰 차이점은 이 교육 프로그램이 영어 실력을 올리는 데에만 학습 초점을 맞추는 것이 아니라는 점이다. 교바사는 어떻게 해야 우리 뇌가 더 잘 학습하게 되는지를 잘 안다. 그래서 우선 아이들과 선생님들(길잡이 교사라 부른다)의 관계 맺음부터 다르다.

"지역아동센터에 오는 아이들은 대개 자라면서 자신에게 따뜻한 관심을 가져주고 자신의 얘기를 진심으로 들어주는 경험을 거의 하지 못했거나 매우 드문 아이들입니다. 그래서 먼저 아이들에게 세상에는 자신을 정말 아껴주고 관심을 가져주는 사람이 있다는 것을 느끼게 해주는 게 중요해요. 이때부터 아이들은 마음의 문을 열고 진정한 소통을 하면서 선생님의 가르침에 집중하기 시작합니다."

잉어빵 프로그램의 또 다른 특징은 '영어 실력은 교사가 올려주는 것이 아니다'라는 사실을 알게 하는 것이다. 그보다는 아이들이 영어를 좋아하게 만들고 새롭게 배워가면서 영어를 좋아하고 자존감과 자신감을 회복하게 만드는 데 중점을 둔다. 그래서 사회성, 감성, 인성 향상에 큰 도움이 되는 내용 위주로 교육 프로그램을 짠다. 공부는 공부가 좋아서 스스로 할 때 가장 효과적이기 때문이다. 매년 배운 실력을 뽐내는 잉어빵 페스티벌은 지역사회의 큰 자랑거리 행사로 자리매김했으며, 아이들의 변화와 성장은 정말 놀라울 정도란다.

"우리나라 학교교육의 문제 중 하나는 개인의 성공, 개인의 영달을 너무 강조하고 당연시한다는 점입니다. 사회가 개인의 성공만 강조하면 경쟁이 심해지고, 약육강식 논리가 횡행하는 곳이 되죠. 이런 사회는 지속 가능한 사회가 되지 못합니다. 가정 배경이 좋은 아이, 부모의 교육 수준이 높은 아이들은 그렇지 않은 아이들에 비해 비교가 불가능할 정도로 지원과 혜택을 많이 받죠. 이런 상황에서는 개천에서 용이 날 수 없습니다. 이런 상태가 지속되면 한국은 태어나는 순간 계급과 신분이 정해지는 사회가 되고 말죠. 이런 사회는 바람직하지 않아요. 그래서 더불어 살아갈 수 있는 사회를 만들어야 합니다. '가난은 임금님도 구제하지 못한다'라는 말이 있잖아요. 이게 현실이에요. 이로 인한 사회의 양극화, 계급화를 교육이 어떻게 완화할 수 있는지가 우리나라 교육의 핵심 과제이고 교바사의 핵심 사업입니다."

이찬승은 돈으로 사교육을 살 수 있는 이 나라에서 가난한 집안의 아이들도 인간의 존엄성을 잃지 않고 가치 있는 일을 하면서 살아갈 수 있는 방법을 찾게 해주는 것이 교육의 가장 중요한 과제라고 생각한다. 이를 위해서 성적으로 사람의 가치를 매기는 풍토를 조금씩 허물어뜨려야 한다고 본다.

"공부 이외의 것에 재주가 있는 사람도 많거든요. 가난한 환경에서 자란 아이들은 열악한 환경에서 살아남는 능력이 부잣집 아이들보다 앞서요. 재난을 당하거나 위급한 상황이 닥쳤을 때도 공부를 잘하는 아이들보다 공부 못하는 아이들의 생존율이 높다고 합니다. 교육의 목적이 무엇인지, 진정한 학력이 무엇인지 우리 사회가 다시 생각해봐야 합니다."

그의 이야기를 듣다 보니 어디선가 보았던 영국 작가 로저 르윈 (Roger Lewin)의 말이 떠올랐다. "우리는 흔히 아이들에게 그들이 풀어야 문제보다 외워야 할 정답만을 건네곤 한다." 결국 우리는 아이들이 위기를 겪을 때 그에 대처할 수 있는 중요한 능력을 빼앗아버린 건 아닐까? 아이들의 삶에서 문제를 찾아내 대신 해결해준 것처럼 착각하고 스스로 적응하고 살아갈 기회를 빼앗아버린 건 아닐까?

이찬승은 다가오는 2017년 대통령 선거를 손꼽아 기다리고 있다. 그

우리는 세상을 바꿀 수 있다고 믿는다

동안 축적된 연구를 바탕으로 가난한 집 아이들도 희망을 가지고 살아갈 수 있는 학교교육의 새로운 대안적 시스템을 후보들에게 공약으로 제안하고 싶어서다.

"지금 사회는 진보적 가치와 보수적 가치가 공존하는 사회지 어느 한쪽이 어느 한쪽을 뒤집어엎을 수 없는 사회입니다. 건강하게 서로 길항작용을 하면서 발전해야지요. 그런데 양자 간에 뿌리 깊은 불신이 있어요. 가진 사람은 그런대로 살 만하다고 생각하지만 못 가진 사람은 그렇지 않으니 서로 느낌이 다르지요. 못 가진 사람의 현실은 훨씬 절박합니다. 그래서 그동안 많이 핍박받았다고 생각하는 계층에는 투쟁을 통해서라도 세상을 바꾸어야 한다고 생각하는 사람들이 많죠. 서로의 생각 차가 너무 커요.

저는 그래서 교육 문제 토론회를 진행할 때 일부러 양측을 같은 자리에 불러요. 마주 앉아 같은 주제를 가지고 토론하다 보면 도저히 공감대를 이룰 수 없겠구나 하는 생각이 들 때가 대부분입니다. 하지만 첫술에 배부를 수는 없잖아요. 적어도 진보의 생각이 뭐고, 보수의 생각이 뭔지 그 차이 정도는 알게 되죠. 서로 격론은 벌이지만 이런 차이를 인식하는 것이 절충과 타협으로 나아가기 위한 첫 번째 과정이라고 생각해요. 진보적 가치관을 가진 분들조차 교바사의 이런 가교 역할이 의미 있다고 생각하며 지속해주기를 바랍니다. 한국 사회는 다양한 사상과 가치가 공존하고, 서로 다름을 인정하는 성숙한 사회로 나아가야 하죠. 이를 위해 교바사가 기여할 부분이 참 많다고 생각합니다."

이것은 결코 시혜가 아닌
의무이다

　이찬승이 이토록 집요하게 교육개혁에 열정을 쏟는 이유는 간단하다. 지금 한국의 학교교육은 인간다운 사회를, 지속 가능한 사회를 만들어가고 있다고 생각하지 않기 때문이다.

　"가난한 계층의 아이들이 부유한 계층의 아이들처럼 부모의 지원을 잘 받을 수 있는 길은 없습니다. 가난한 가정에서 태어난 아이들이 상위권 대학이나 좋은 직장에 들어갈 확률은 높지 않습니다. 이런 가정에서 자란 아이들도 이를 잘 압니다. 그래서 일찍이 공부를 포기하고 무기력에 빠지죠. 자아에 대한 부정적인 판단도 심각한 수준입니다. 이런 것이 하위문화로 굳어지고 있어요. 하지만 이 세상의 모든 아이들은 특별한 부분이 있습니다. 누구나 자신만의 숨은 재능을 가지고 태어납니다. 학교교육이 모든 아이들을 똑같이 공부 잘하게 해줄 수는 없습니다. 그런 방법도 없을 뿐만 아니라 실제로도 불가능합니다. 하지만 학교교육은 개인이 가지고 태어난 자질만큼은 일찍 발견하고 키워줄 의무가 있습니다. 우리나라 헌법 31조 1항에는 "모든 국민은 능력에 따라 균등하게 교육을 받을 권리를 가진다"라고 규정하고 있지요. 하지만 중·고교의 중하위권 학생들은 일상적으로 수업에서 배제되고 있어요. 이를 교사의 탓만으로 돌릴 수도 없습니다. 연령이 동일하다고 한 반에 모아놓고 동일한 교과서로 교육시키는 현재의 학교 제도가 문제의 뿌리입니다. 공부 못하는 것을 아동의 탓으로 돌리면 안 됩니다.

이는 일차적으로 제도의 탓이고, 교육 방법이 아동들에게 맞지 않기 때문입니다. 지금의 학교 제도는 가난한 집안의 아동들이 가장 손해를 보는 제도입니다. 이들에게 학교는 자존감과 자신감을 잃게 하고, 무기력을 학습하는 곳이 되고 말았기 때문입니다."

이찬승 자신의 어린 시절도 매우 가난했다. 경상북도 풍기에서 여섯 형제의 막내로 태어나 시골 소년으로 자랐다. 하지만 그 시대에 누구나 했을 법한 고생 이야기는 이미 가슴 한편에 묻어버린 지 오래다. 지극히 가난했지만 그것이 마음에 크게 상처가 된 일은 없었다. 시골에서 고등학교까지 다니다가 서울로 올라왔다. 동생 대학교 공부시키겠다고 형과 형수가 금반지를 내놓았던 생각을 하면 아직도 마음 한편이 아리다. 이찬승은 그런 과거를 생각하면 지금처럼 먹고살게 된 것도 행운에 속한다고 담담히 말했다.

"우리 시대야 다들 똑같았지요 뭐. 촌에서 태어나 먹을 것도 없었고요. 누구나 가난했던 시절이죠. 그 시절에는 대부분 어릴 때부터 농사일을 거들었지요. 동네에 차나 한 대 있었나요. 다들 그냥 걸어 다녔지요. 학교 갔다 오면 소 먹이러 들로 나가고 그랬지요. 그러다 산골의 하늘 위로 비행기라도 한 대 지나가면 먼 세계에 동경을 느끼곤 했지요."

가난이 장애가 되지는 않았던 이찬승이지만, 그도 사업을 하는 중에는 종종 위기를 겪었다. 그러나 더욱 열심히 하면 고비를 넘기겠지 싶어서 빚을 지고서도 마음고생을 하는 대신 일에 매진하는 편이었다. 천성적으로 매사에 그다지 스트레스를 받지 않았다.

"옛날에 사업을 시작할 때는 사회가 허술했으니까 남보다 조금만 더 성실하고 아이디어만 좋으면 발전할 수 있는 기회가 많았습니다. 지금과는 달랐지요. 사업을 잘하는 기술이 따로 있었던 건 아닙니다. 다만 학습 분야에서 저는 좀 특이한 경우였습니다. 어렸을 때부터 공부만 좋아했으니까요. 다른 데 흥미도 별로 없고 책 앞에 앉아서 공부하는 게 노는 일이었지요. 우리 아이들은 그래서 저에게 아주 질렸다고 합니다. 매일 책만 보니까요. 그러느라 가족에게 충분한 사랑도 못 베풀었고, 시간도 함께 나누질 못했어요. 그냥 집안일은 아내에게만 맡겨놓고 제 맘대로 하고 다녔습니다. 가정교육에서는 남들의 본보기가 될 만한 게 없어요. 집에서 늘 아내가 아이들 개성을 살려가며 키우느라 고생을 했지요. 아버지인 저는 빚더미 속에서 정신없이 사업만 하느라고 바쁜 인생이었지요. 그러다가 괜히 자기 생각으로 아이들을 재단하고 마음에 안 들면 가끔씩 소리도 지르고요. 자녀 교육에 대해 매우 무지했던 것 같아요. 그에 대한 반성으로 지금 학부모 대상 교육을 나가면 꼭 고백을 하죠."

뒤늦게 공부하면서 돌아보니 부끄러운 게 많았다. 유아 시절의 사회성과 감성 발달이 평생을 가는 것을 알게 되면서 아이들에게 미안한 마음이 많이 들었다. 더 많이 공감해주고, 자존감을 키워주는 데 최선을 다했어야 했는데……. 두 살도 안 된 딸아이를 먼 처갓집에 맡기지 않으면 안 되었던 상황을 생각하면 가슴이 아파오는 걸 어찌할 도리가 없다. 그런 상황에서도 잘 자라준 두 아이가 고마울 뿐이다.

"특히 어머니들이 반드시 부모 교육을 받아야 합니다. 결혼하고 나서 따로 부모 교육을 받지 못하고 다들 엄마가 되잖아요. 물론 구체적으로 들어가면 아이를 키우면서 항상 정답을 따로 구할 수는 없어요. 상황마다 다른 거지요. 그래도 부모 교육에 관한 좋은 책이 서점에 얼마든지 나와 있으니 공부를 해가면서 아이를 키우는 게 좋을 것 같습니다. 저는 무엇보다 엄마의 몸과 마음이 피곤하지 않아야 한다고 생각합니다. 피곤하고 힘들면 모든 것에 부정적일 수밖에 없어요. 아이들에게도 자연히 나쁜 영향을 미치지요."

교바사가 한국뇌기반교육연구소를 운영하면서 아동의 발달, 아동의 효과적인 학습법을 연구하는 이유도 바로 여기에 있다.

"부모의 역할은 아이들의 정서에 굉장히 중요하게 작용합니다. 현대에 들어와서는 양쪽 부모가 모두 직장에 다녀서 자식을 돌볼 겨를이 많이 줄었습니다. 아이들이 학교나 학원에서 지내는 시간도 많아졌고요. 여기에 교육 전문가들이 전문적으로 개입할 여지가 많이 생깁니다. 그중에서도 상황이 어려운 아이들에게는 특별한 배려가 필요하지요."

부모가 종일 생계에 매여 제대로 돌봐주지 못하면 아이들은 긍정적이고 편안한 교육을 받아볼 기회가 거의 없다. 이런 과정에서 아이들은 부정적인 경험을 많이 쌓게 된다. 그런 아이들이 다시 부정적인 어른으로 자라면서 악순환의 고리가 이어진다. 이 고리를 끊어야 사회가 서로 화해하고 같이 발전할 수 있다는 것이 이찬승의 생각이다.

"물론 하루아침에 되는 일이 아니지요. 그래서 저 같은 사람이 이런 분야에 많이 투신해야 합니다. 제가 일정 부분 기여를 하고 나면 또 다른 사람이 이어서 하고, 그러다 보면 점차 좋은 사회를 이뤄갈 수 있겠지요."

　이찬승은 사업을 하고 돈을 많이 벌었어도 종국에는 먹고살 만한 것을 제외하고는 그 이외의 부는 사회에 환원해야 된다는 생각을 가지고 있었다. 사업을 통해 번 돈 중 먹고살기에 모자람이 없을 정도만 떼놓고 나머지는 세상에 다시 내놓아야 이 사회가 지속 가능할 수 있다는 논리다. 번 돈을 환원하는 것은 자선이 아니라 의무라는 생각이다. 사람들은 매우 불공평하게 이 세상에 태어나기 때문이다. 머리가 좋게 태어나는 사람, 교육 수준이나 교육열이 높은 부모 밑에 태어나는 사람, 얼굴이 예쁘게 태어나는 사람, 선천적으로 건강하게 태어난 사람 등. 이렇게 유리하게 태어난 사람은 그렇지 않게 태어난 사람을 도울 의무가 있다는 게 그의 지론이다. 노블레스 오블리주는 자발적이고 도덕적인 의무이지만 그는 이보다는 좀 더 강력한 윤리적 의무감이 작동해야 이 지독하게 불공평한 사회를 바꿀 가능성이 있다고 믿는다.

　"그런 걸 시혜(施惠)라고 생각하지 말고 의무적으로 사회 전체를 위해서 행하는 일이라고 생각해야 합니다. 하긴 말이 그렇지 상당히 어려운 일이지요. 돈을 잘 쓰는 법을 컨설팅해주는 사업이 있다면 참 잘될 것 같습니다. 돈을 쓰는 법도 일종의 공부와 같습니다. 돈도 써본 사람이 더 효율적으로 쓰는 방법을 깨우치는 거지요."

　이야기는 다시 한 번 제자리로 돌아왔다. 어쩌면 이찬승에게는 세상의 모든 화제가 교육을 바꿔서 더불어 사는 사회를 만들겠다는 일념으로 귀환하는 듯했다.

　"아이들을 다 키우고 나서 집사람도 각종 심리적 장애를 가지고 있는 사람들에게 무료로 심리치료를 하는 일에 종사하고 있습니다. 그러다 보니 이런 부분을 같이 공부하고, 또 같이 대화하지요. 죽을 때까지 이 일을 할 겁니다. 교바사는 전문성이 높은 공익단체로서 그 역할을 충실히 해나갈 거예요. 지금은 모든 능력을 가동해 구체화 방안을 연구하고 실험하면서 대안을 축적하고 있는 단계입니다. 이 결과를 나중에 교육 정책 입안자와 일선 현장에서 활용할 수 있도록 준비하고 있습니다. 후일 지금 추진하고 있는 공익사업이 지금보다 훨씬 더 나은 가시적인 성과를 내게 되면 거액 후원자들을 찾아 나설 생각입니다. 함께 사회를 바꾸어 더 살기 좋은 세상을 만드는 데 동참할 사람들도 적지 않을 거라고 생각합니다. 하지만 번 돈을 선뜻 내놓지 못하고 망설이는 이유를 저는 백 퍼센트 이해할 수 있어요. 그 돈이 정말 가치 있게 쓰인다는 보장이 없기 때문이지요. 저는 돈 번 기업가들이 그 돈을 어떻게 믿을 수 있는 기관이나 사람에게 위탁하고, 어떻게 본인의 명예를 극대화할 수 있는지 모델을 만들고 보여주고 컨설팅하고 싶은 생각도 있어요. 자신의 거액 재산의 반을 뚝 잘라 빌 앤드 멜린다 게이츠 재단(Bill & Melinda Gates Foundation)에 기부한 워런 버핏(Warren Buffett) 같은 기부자가 한국에서도 나오지 않으리라는 보장이 없지요."

강력한 이유는 강력한 행동을 낳는다. 한 기업인의 좋은 성공이 자신이 몸담은 사회에 대한 사랑으로 환원되면서 따뜻한 온기로 변했다. 우리가 경원시하고도 갈구하는 '돈'이라는 것이 얼마나 좋은 힘을 발휘할 수 있는 건지, 한 사람의 열정과 경험이 어떻게 하면 사회 전체의 큰 재산으로 다시 돌아올 수 있는지도 어렴풋이 느껴졌다. 이찬승을 만나고 돌아오는 발걸음이 꿈결처럼 가벼웠다. 바위를 깨뜨릴 급소는 아직 찾지 못했지만 이미 그는 육안으로는 잘 보이지 않는 미세한 금을 많이 내고 있었다. 어쩌면 머지않아 달걀로 바위를 부수는 기적도 가능할 것만 같았다. 저 옛날의 다윗과 골리앗 이야기처럼.

인터뷰어 | 김정은

비로소,
나는 행복합니다

1판 1쇄 인쇄 2014년 9월 23일 | 1판 1쇄 발행 2014년 9월 30일

지은이 김정은 · 추효정
발행인 김재호 | **출판편집인 · 출판국장** 박태서 | **출판팀장** 이기숙

기획 · 편집 정홍재 | **아트디렉터 · 디자인** 김영화 | **교정** 이명선
마케팅 이정훈 · 정택구 · 박수진
펴낸곳 동아일보사 | **등록** 1968.11.9(1-75) | **주소** 서울시 서대문구 충정로 29(120-715)
마케팅 02-361-1030~3 | **팩스** 02-361-0979 | **편집** 02-361-1035
홈페이지 http://books.donga.com | **인쇄** 미르P&P

ISBN 979-11-85711-30-0 03810 | **값** 12,000원

여러분을 저자로 모십니다
독자 여러분의 원고를 기다리고 있습니다.
좋은 책이 될 기획 아이디어나 원고를 메일(bookpd@donga.com)로 보내주세요.